# Fanferlieschen Schönefüßchen

Clemens Brentano

# Impressum

Autor: Clemens Brentano
Umschlagkonzept: toepferschumann, Berlin

Verlag: tradition GmbH, Hamburg
ISBN: 978-3-8424-1253-8
Printed in Germany

Ziel der TREDITION CLASSICS ist es, tausende deutsch- und
fremdsprachige Klassiker wieder in Buchform verfügbar zu
machen. Die Werke wurden eingescannt und digitalisiert. Dadurch
können etwaige Fehler nicht komplett ausgeschlossen werden.
Unsere Kooperationspartner und wir von tradition versuchen, die
Werke bestmöglich zu bearbeiten. Sollten Sie trotzdem einen Fehler
finden, bitten wir diesen zu entschuldigen. Die Rechtschreibung der
Originalausgabe wurde unverändert übernommen. Daher können
sich hinsichtlich der Schreibweise Widersprüche zu der heutigen
Rechtschreibung ergeben.

Tucholsky Wagner Zola Scott Sydow Schlegel
Turgenev Wallace Fonatne Freud
Twain Walther von der Vogelweide Fouqué Friedrich II. von Preußen
Weber Freiligrath Frey
Fechner Weiße Rose von Fallersleben Kant Ernst Frommel
Fichte Richthofen
Engels Fielding Hölderlin Dumas
Fehrs Faber Flaubert Eichendorff Tacitus
Maximilian I. von Habsburg Eliasberg Ebner Eschenbach
Feuerbach Fock Zweig
Ewald Eliot Vergil
Goethe London
Mendelssohn Balzac Shakespeare Elisabeth von Österreich
Lichtenberg Rathenau Dostojewski Ganghofer
Trackl Stevenson Doyle Gjellerup
Mommsen Tolstoi Hambruch
Thoma Lenz Hanrieder Droste-Hülshoff
Dach von Arnim Hägele Hauff Humboldt
Reuter Verne
Karrillon Garschin Rousseau Hagen Hauptmann Gautier
Defoe Baudelaire
Damaschke Descartes Hebbel
Hegel Kussmaul Herder
Wolfram von Eschenbach Dickens Schopenhauer Rilke George
Bronner Darwin Melville Grimm Jerome
Campe Horváth Aristoteles Bebel Proust
Bismarck Vigny Barlach Voltaire Federer Herodot
Gengenbach Heine
Storm Casanova Tersteegen Grillparzer Georgy
Chamberlain Lessing Langbein Gilm
Brentano Claudius Schiller Lafontaine Gryphius
Strachwitz Schilling Kralik Iffland Sokrates
Katharina II. von Rußland Bellamy
Gerstäcker Raabe Gibbon Tschechow
Löns Hesse Hoffmann Gogol Wilde Vulpius
Luther Heym Hofmannsthal Morgenstern Gleim
Roth Heyse Klopstock Klee Hölty Goedicke
Luxemburg Puschkin Homer Kleist
La Roche Horaz Mörike Musil
Machiavelli
Navarra Aurel Musset Kierkegaard Kraft Kraus
Nestroy Marie de France Lamprecht Kind Kirchhoff Hugo Moltke
Laotse Ipsen Liebknecht
Nietzsche Nansen
Marx Lassalle Gorki Ringelnatz
von Ossietzky Klett Leibniz
May vom Stein Lawrence Irving
Petalozzi Platon Knigge
Pückler Michelangelo Kafka
Sachs Poe Kock
Liebermann Korolenko
de Sade Praetorius Mistral Zetkin

Clemens Brentano

# Das Märchen von Fanferlieschen Schönefüßchen

Es war einmal ein König, der hieß Jerum, und sein Land hieß Skandalia, und er regierte in der Stadt Besserdich. Dieser Jerum war gar nicht viel wert, er quälte seine armen Untertanen bis aufs Blut, so daß sie jahraus, jahrein schrien. »O Jerum, o Jerum, sieh auf Skandalia und besser dich!« Er wirtschaftete aber immer drauflos und war ganz das Gegenteil seines verstorbenen Vaters, dessen Sterbetag die Bürger von Besserdich jährlich mit großer Traurigkeit feierten. Vor diesem Tage ritt der böse Jerum immer mit seinem ganzen Hofstaat nach einem fernen Jagdschloß Munkelwust, um nicht die Liebe seiner Untertanen zu seinem seligen Vater zu sehen. Als er nun einstens mit unanständigem Hörnergeblase und Peitschengeknall am Tag vor dem Trauerfest der Stadt hinauszog, sah er nah an dem Tore vor einem kleinen Hause eine alte Frau ihre Ziege kämmen. Da nahm er seinen Bogen und legte einen Pfeil auf und verwundete der alten Frau die Ziege. Die Alte ergrimmte sehr und schrie ihm nach:

> »O Jerum, o Jerum,
> meine Ziege geschossen.
> O Jerum, o Jerum,
> dir selbst zum Possen;
> sie ist ein armes Waiselein,
> wird Königin im Lande sein.«

Jerum bekümmerte sich nicht um das Geschrei der Alten und sprengte im Galopp zur Stadt hinaus. Die Alte hieß Fanferlieschen und war eine außerordentlich kluge Hexe; bei dem verstorbenen Vater des König Jerum hatte sie sehr viel gegolten; sie hatte damals große Macht in Händen und dem Lande viel Gutes getan. Wenn der alte König einen Minister oder General oder Gelehrten haben wollte, so ging er nur zu Fanferlieschen, die damals sehr schön war, und sprach nur:

>>Fanferlieschen
hat schöne Füßchen,
nicht zu lang, nicht zu kurz;
schüttle mir aus deinem Schurz
einen guten Staatsminister!<<

>>Herr, da ist er!<<

sprach sie dann und schüttelte ihn aus der Schürze. So hatte sie dem König viele geschickte Leute verschafft. Aber als der Jerum an die Regierung kam, wurde Fanferlieschen vertrieben, ja er ließ ihr ein großes Loch von seinen Jagdhunden in die Schürze reißen und mißhandelte sie auf alle Weise. Da zog Fanferlieschen in ein kleines Haus in der Vorstadt und mästete Vieh und Geflügel, und man wunderte sich über gar nichts, als daß sie niemals einen Ochsen oder Esel oder ein Pferd oder einen Puthahn oder sonst etwas verkaufte. Aber oft hörte man sie in der Nacht, wenn alles ganz still war, sehr ernsthafte Staatsgespräche mit ihrem Vieh halten, und lautete es nicht anders, als wenn die größten Professoren bei ihr versammelt wären, so daß es ordentlich in der ganzen Stadt ein Sprichwort war, wenn einer von den Hofleuten des König Jerum einen übeln oder dummen Streich machte, zu sagen: >>Dieses Rindvieh hat nicht bei dem Fanferlieschen studiert!<<

Als ihr der Jerum nun die Ziege verwundet hatte, geriet Fanferlieschen in den höchsten Zorn gegen ihn und entschloß sich, Rache an dem König zu nehmen. Sie legte die geliebte Ziege in ein schönes Bett und verband ihr die Wunde mit Kräutern und Wein.

In der Stadt machte man schon alle Anstalten, das Andenken des verstorbenen guten Königs Laudamus zu feiern. Alle Häuser waren mit schwarzem Tuch behängt, auf allen Türmen und Rauchfängen wehten schwarze Fahnen. Alle Glocken, die geläutet wurden, hatten Schwarze Flöre an den Schwengeln. Alle Bürger zogen schwarze Wäsche und Kleider an, alle Perückenmacher puderten schwarz, alle Schimmel waren Rappen, man aß nichts als Schwarzwildbret und Schwarzwurzeln und Schwarzsauer. In solcher entsetzlichen Schwärze waren bereits alle Einwohner in der großen Kirche der heiligen Nigritia um das Grab des Königs Laudamus versammelt, auf welchem viele tausend schwarze Fackeln brannten, und warteten nur noch auf das Fräulein Fanferlieschen, um ihre Trauergesänge anzufangen. Denn Fanferlieschen pflegte alle Jahre dieses Trauerfest mit einem großen Leichenzuge zu verherrlichen. Sie kam immer an der Spitze ihres sämtlichen schwarzen Horn- und Federviehs durch die Stadt in die Kirche gezogen, und es war den guten Bürgern nichts so rührend, als alle die schwarzen Pferde, Esel, Stiere, Kühe, Böcke, Ziegen, Schafe, Schweine, Hunde, Katzen, Puthahnen, Pfauen, Haushähne, Hühner, Schwanen, Gänse und Enten usw. die bittersten Tränen vergießen zu sehen. Ein großer Teil in der Mitte der Kirche war für sie und ihren Zug frei gelassen. Die Bürger harrten; da kam der Kirchendiener und zeigte an, daß der Zug der Fanferlieschen sich nähere; die Tore wurden aufgetan, und man sah Fanferlieschen in schwarzem Samt gekleidet mit einer Krone von schwarzen Brillanten neben einer schwarzen Portechaise hergehen, die von zwei schwarzen Eseln getragen wurde. Vor ihr her ging ein schwarzer Pudel auf den Hinterbeinen, der trug Fanferlieschens Schürze, welche dem Lande so viel Gutes getan und von den Jagdhunden des Jerums zerrissen worden war, an einer Stange als Trauerfahne, und hinter der Trauer-Portechaise folgten viele schwarze Böcke und Ziegen mit Trauerflören und Zitronen auf den Hörnern. Dann kam alles übrige schwarze Horn- und Wollen- und Federvieh, alle mit Zypressenzweigen und Kränzen geziert. Kurzum, die ganze Herde des Trauerviehs war auf die rührendste und anständigste Art geschmückt und bezeugte ein tiefes Leidwesen. Als jedermann und jedes Vieh seinen Platz eingenommen, wurde eine kohlrabenschwarze Melodie gesungen, und dann stieg Fanferlieschen auf das Grab des König Laudamus und erzählte den Bürgern alle seine guten Eigenschaften, worüber sie alle gallenbittere Tränen weinten, so schwarz wie Tinte. Zuletzt kam sie auf die Bosheit des Königs Jerum zu sprechen und sagte: »Endlich ist es Zeit, daß wir ihm das Tor vor der Nase zumachen, seine Bosheit ist auf das höchste gestiegen: Als er gestern mit seinem gottlosen Hofstaat dem Tore hinausritt, stand ich vor meiner Türe und kämmte der Fräulein Ziegesar die schwarzen Locken zu dem heutigen Feste; da verwundete er mir diese geliebte Waise mit einem mutwilligen Pfeilschuß.« Bei diesen Worten Fanferlieschens entstand ein gewaltiges Murren in der Kirche, und alle Fackeln auf dem Grabe des König Laudamus knisterten und flackerten und tröpfelten schwarze Wachstränen herab. Der älteste Bürger der Stadt, der sich seine weißen Haare und seinen weißen Bart heute ganz schwarz gepudert hatte, trat zu Fanferlieschen und sprach: »O Fanferlieschen, deine große Freundschaft mit dem seligen Laudamus, der Anblick deiner zerrissenen Schürzenfahne, aus der uns einst so viel würdige Staatsmänner geschüttelt wurden, dein stilles Leben, deine edlen Bemühungen zur Erziehung und Bildung unvernünftigen Viehes, ach! alles, was wir von dir wissen, lehrt uns, daß keine Lüge aus deinem Munde kömmt; aber sage uns, wen verstehst du unter dem Fräulein Ziegesar?« – »Wen soll ich darunter verstehen«, sagte Fanferlieschen, »als jenes liebenswürdige Töchterlein des verstorbenen Fürsten von Buxtehude, dessen Land von seinem Freunde, dem verstorbenen Laudamus, verwaltet wurde, bis das liebe Fräulein herangewachsen sei, welches hier nebst vielen andern vornehmen Waisenkindern unter meiner Aufsicht in dem Fräuleinstift und der Ritterakademie erzogen wurde. Ach, der gute Laudamus dachte einst, den Jerum mit ihr zu vermählen; aber ihr wisset, als Jerum nach des Vaters Tod König ward, nahm er alle die Länder der Waisenkinder, deren Pflegevater er sein sollte, in Besitz und befahl seinem Kammerherrn, dem Herrn von Neuntöter, alle die armen Kinder im Fräuleinstift und in der Ritterakademie mit einem Reisbrei zu vergiften, den sie jährlich am Pfingstfeste auf der Eselswiese unter Tanzen und Springen zu verzehren pflegten. Mich hätte er auch gern umgebracht, aber er weiß nicht, wie mein Ende ist. Als das Fest auf der Eselswiese bestellt war, zogen die unschuldigen Kinder mit Blumen geschmückt hinaus auf die Wiese. Der Reisbrei stand in einer silbernen Schüssel, welche Laudamus dazu gestiftet hatte, brotzelnd unter der großen Linde. Ich ließ die guten Kinder in einem großen Kreise niederknien und singen:

›Te regem laudamus,
qui nobis dedit Hirsenmus.‹

Da kam der Herr von Neuntöter und brachte Zucker und Zimmet vom Jerum, welches der König immer sonst selbst drauf zu streuen pflegte. Aber es war dieses Mal Rattengift. Als der Neuntöter sich dem Musbecken nahte, sah ich auf einmal den Geist des verstorbenen Laudamus ihm entgegentreten; er sagte: ›Wenn der Jerum nicht selbst den Kindern Zucker und Zimmet bringen will, so will ich es tun. Fliege hin, du Neuntöter!‹ Damit schlug er dem Kammerherrn erst die Zuckertüte und dann die Zimmettüte um die Ohren, und sieh da, er flog in einen Neuntöter verwandelt davon. Nun kam der König Laudamus zu mir und sprach:

> ›Fanferlieschen
> Schönefüßchen,
> pfleg und zieh die Kinderlein,
> bis sie wieder Menschen sein.‹

Nun streute er selbst Zucker und Zimmet auf das Mus und verschwand. Die Kinder hatten alle das gesehen und sangen wieder.

> ›Te regem laudamus,
> qui nobis dedit Hirsenmus.‹

Und nun fuhr jedes mit seinem silbernen Löffel in das Hirsenmus. Kaum aber hatten sie einen Löffel voll gegessen, als sie sich alle in Tiere verwandelten. Die Ziegesar in Ziegen, die Ochsenstierna in Ochsen, die Rindsmaul in Rinder, die Schimmelpennink in Schimmel, die Rabenhorst in Raben, die Boxberg in Böcke, die Putlitz in Puthahne, die Hühnerbein in Hühner, die Rothenhahn in Hähne und so ein jedes Kind nach dem Familiennamen in ein Tier dieses Namens. Ich führte nun diese ganze Herde in den nahe gelegenen Wald in eine große Höhle und ging wieder in die Stadt. Da hörte ich, wie der König Jerum glaubte, der Kammerherr von Neuntöter sei mit den Kindern, statt sie umzubringen, in die weite Welt gelaufen, und daß Jerum Boten ausgesendet habe, ihn aufzusuchen. Als er mich nach den Kindern fragte, sagte ich ihm: ›Der liebe Gott wird sich ihrer erbarmen.‹ Weiter sagte ich ihm nichts. Er ward sehr zornig auf mich, und weil er mir das Leben nicht nehmen konnte, so nahm er mir doch alles, was mir Laudamus geschenkt hatte, so daß mir nichts blieb als das Haus und der Hof und Garten meiner Eltern am Tore. Nachts führte ich nun die ganze verwandelte Herde aus dem Wald in mein Haus und habe sie bis jetzt immer in allen standesmäßigen Wissenschaften unterrichtet. Sie sind bereits alle erwachsen, und jeder wird seiner Familie Ehre machen. Ach, Fräulein Ziegesar war vor allen ein Engel, sie tanzt alles vom Blatt weg und singt wie der größte Tanzmeister, sie webt und stickt wie eine perfekte Köchin und kocht und backt wie die größte Stickerin, sie macht Gedichte wie ein Sprachmeister und spricht alle Sprachen wie ein Dichter, kurz, sie ist eine der vollkommensten Fräulein der Welt; und diese hat mir der grausame Jerum mit einem Pfeile durch das linke Ohrläppchen geschossen. Nein, länger wollen wir diese Schmach nicht mehr erdulden, übergebt einem andern die Krone, denn Jerum denket doch nur an seine Laster und niemals an Besserdich.« So hatte Fanferlieschen gesprochen. Alles hatte mit der größten Spannung zugehört, und der älteste Bürger sagte: »Du erzählst uns sehr merkwürdige Geschichten, aber, wenn wir auch einen andern König wählen, wo kriegen wir dann gleich alle die nötigen Minister und Hofkavaliere her, welche alle mit Jerum ausgereist sind? Deine Schürze, aus welcher du sie sonst schütteltest, hat ein Loch, und wird jeder durchfallen.« Nun sprach Fanferlieschen zu dem Pudel, der die Schürze trug:

>Herr von Pudelbeißmichnit,
schwenk die Fahn,
vivat Laudamus!
Es ist getan.«

Da schwenkte der Pudel die Fahne und verwandelte sich zugleich in den schönsten Fahnenjunker, und alles anwesende Horn-, Wollen- und Federvieh verwandelte sich in die hoffnungsvollsten Ritter und Fräulein, und sie öffnete die Portechaise, und die Prinzessin Ziegesar mit dem verwundeten Ohrläppchen trat heraus und umarmte Fanferlieschen, und alle die verwandelten Ritter und Fräulein schrien laut:

>Oramus Laudamus!
Fanferlieschen
Schönefüßchen
soll regieren und florieren.«

Da rief die ganze Versammlung dasselbe, und sie nahmen Fanferlieschen und setzten sie in die Portechaise und trugen sie in das Schloß, und alles war richtig, sie mußte Königin sein. Fanferlieschen aber machte nun aus allen ihren Zöglingen vornehme Leute; der Herr von Ochsenstierna wurde Minister des Ackerbaus, der Herr von Rindsmaul wurde Erz-Heumarschall, der Herr von Riedesel Generalobermühlenrat, der Herr von Rothenhahn wurde Direktor der Feuersbrunst und Hofwetterminister, und so hatte ein jeder seine Stelle nach seinen Qualitäten. Die Prinzessin Ziegesar ward allgemein verehrt, und allgemein bekanntgemacht, wer ihr Gemahl werden würde, der sollte nicht nur ihr Fürstentum Buxtehude, sondern auch einstens das ganze Königreich Skandalia mit ihr erhalten. So ging nun alles herrlich in der Stadt, aber der König Jerum kriegte einen großen Schrecken, als die Fanferlieschen ihm einen Brief nach dem Jagdschloß Munkelwust schickte, worin drin stand, daß er abgesetzt sei und sich nicht mehr dürfe in der Stadt sehen lassen, sonst wolle man ihm den Kopf zwischen die Ohren stecken. Wenn er aber sein Leben ändern, Witwen und Waisen das Ihrige zurückgeben und de- und wehmütig in die Stadt Besserdich zurückkehren wolle, so solle er vor allem eine fromme Gemahlin nehmen; die frömmste wäre die Prinzessin Ziegesar von Buxtehude. Hernach wolle man sehen, ob man ihn wieder zum König aufnehmen könne. Diesen Brief schickte ihm Fanferlieschen durch den Hofschäfer Mopsus, und Jerum wurde so zornig darüber, daß er dem armen Mopsus die Ohren abschneiden ließ und ihm die Nase breitschlug; und zu dessen Andenken tragen sich bis jetzt alle Mopse so.

Der König Jerum, der nun zu Munkelwust lebte, wurde jetzt ganz wie rasend, er verwüstete alles Land umher und beging tausend Grausamkeiten. Aber es ging ihm bald übel, seine Hofleute verließen ihn, und sein Geld wurde alle. Er hatte nichts mehr als das Ländchen Bärwalde, welches eigentlich der Fräulein Ursula gehörte und das er ihr noch immer zurückhielt. Die armen Leute aus dem Ländchen mußten alles hergeben, daß er sein wildes Leben fortfahren konnte. Er hatte nur noch wenige Diener, und sein Ratgeber war ein großer hölzerner Götze, der bei Munkelwust unter einem dürren Baume stand und Pumpelirio hieß und, wenn man einen Menschen vor ihm schlachtete und ihn mit dem Blut bespritzte, auf alles antwortete, was man ihn fragte. Jerum machte nun bekannt, er wolle sich bessern und eine fromme Frau nehmen. Da ließ er die Töchter seiner Untertanen zusammenkommen und heiratete eine. Aber in der Nacht schleppte er sie vor den Götzen Pumpelirio und brachte sie um und fragte ihn:

>>Pumpelirio Holzebock!
Sag mir doch,
wann die Jungfer Fanferlieschen
Schönefüßchen
sterben wird?
Wann ich komme
nach Besserdich?<<

Da fing der Pumpelirio an zu knacken wie nasses Holz im Ofen und sprach mit schnurrender Stimme:

>>Fanferlieschen blind,
Ursulus das Kind
geschwind wie der Wind
Besserdich gewinnt.<<

Jerum wußte nicht, was das heißen sollte, er bat sich eine Erklärung aus, aber Pumpelirio sprach:

>>Für einen Mord
nur ein Wort;
morgen ist auch ein Tag
zu Mord und Totschlag.<<

Am nächsten Morgen sagte Jerum, er habe seine Braut nach Haus geschickt, weil sie nicht fromm genug gewesen sei, und suchte sich eine andere Jungfrau und heiratete sie wieder und brachte sie wieder um vor dem Pumpelirio Holzebock und fragte ihn wieder. Der sagte aber immer dasselbe, und Jerum brachte immer mehr Fräulein um, bis sie endlich seine Grausamkeit merkten und entflohen. Als die guten Leute in Bärwalde hörten, daß ihr Fräulein Ursula bei der Fanferlieschen lebe, gingen viele nach Besserdich, um die liebe Tochter ihres verstorbenen Fürsten zu sehen. Sie küßten ihr die Hände und Füße und klagten ihr das Elend, in dem sie durch den Jerum lebten, und wünschten nichts mehr, als daß Ursula bei ihnen sein und sie regieren möge.

Ursula weinte sehr über das Unglück ihrer Untertanen und versprach ihnen, mit Fanferlieschen zu überlegen, was zu tun sei; da zogen die guten Leute wieder ab. Als Fräulein Ursula eben mit Fanferlieschen hierüber sprach, kam ein Bote vom König Jerum zu ihr und sagte, wenn Fräulein Ursula seine Gemahlin werden wolle, so wolle er sich bessern. Ursula willigte ein, um nur ihre armen Untertanen trösten zu können, und Fanferlieschen sagte mit bitteren Tränen zu ihr: >>Ich kann dich nicht abhalten, gib dir alle Mühe, den Jerum gut zu machen; wenn du es verlangst, soll er seine Krone von mir wiedererhalten. Gehe hin, meine liebste Ursula, tue allem, was da lebt, Gutes, so wirst du in der Not nicht verderben!

Ursula, Ursula, große Not!
Wein dir nur die Äuglein rot;
Ursulus, Ursulus, gutes Kind,
macht das Fanferlieschen blind;
Ursulus, Ursula, Ursulum,
bin ich blind, so komm ich um.

Schau dich um, ich bitt dich drum.«

Dann umarmten sie sich und weinten miteinander bitterlich, und Ursula zog mit dem Boten zum Tor hinaus zu dem König Jerum. Fanferlieschen aber stand auf dem Schloßturm und sah ihre liebe Ursula in ihrem weißen Hochzeitskleid fort über die grünen Wiesen ziehen; und sooft Ursula sich nach Besserdich umsah und mit ihrem weißen Tüchlein winkte und sich die Augen trocknete, mußte der Fahnenjunker Pudelbeißmichnit die schwarze zerrissene Schürzenfahne auf dem Turm schwenken, wozu Fanferlieschen immer sang:

»Ursula, Ursula, große Not!
Wein dir nur die Äuglein rot;
Ursulus, Ursulus, gutes Kind,
macht das Fanferlieschen blind;
Ursulus, Ursula, Ursulum,
bin ich blind, so komm ich um.
Schau dich um, ich bitt dich drum.«

Dazu bliesen die Türmer eine sehr betrübte Melodie auf den Posaunen, und dies währte so lange, bis ein Wald die Ursula und den Boten des Jerum verbarg.

Ursula ging traurig neben dem Boten durch den Wald und dachte immer nach, was doch der wunderbare Gesang Fanferlieschens bedeuten möge; aber sie konnte ihn auf keine Art begreifen. Da hörte sie auf einmal einen Vogel ganz jämmerlich schreien und sah, wie er ängstlich um einen Baum herumflatterte. Da schaute sie recht hin und erblickte einen großen Marder, der am Baum heruntergeschlichen kam und sich dein Neste des Vogels nahte, um ihm seine Jungen zu fressen. Da nahm Ursula einen Stein und warf ihn so geschickt nach dem Marder, daß er tot von dem Baume herunterpurzelte. Oh, wie froh war nun der Vogel: Er flog erst zu seinen Jungen, und da er sah, daß sie noch alle gesund waren, flog er immer um Ursulas Haupt und vor ihr her von Baum zu Baum und machte die rührendsten Bewegungen, als wolle er ihr Dank sagen, und sang auf allerlei Weise, bis er sie am Abend verließ, wo sie ihm noch ein Stückchen von dem Kuchen, den ihr Fanferlieschen mit auf die Reise gebacken hatte, für seine Jungen mitgab.

Nun ward der Weg immer trauriger und öder. Verbrannte Hütten und zerstörte Gärten waren am Weg; sie hörte in der Ferne einen traurigen Gesang, und das Herz ward ihr entsetzlich schwer. In der Ferne ging die Sonne ganz rot unter, und man sah in eine wilde schwarze Bergschlucht voll Dampf und Qualm. Hie und da am Weg stand ein dürrer Baum, von dem die Eulen herunterschrien: »Hu, hu, o weh! Hu, hu, o weh!« Ach, das Herz ward Ursula immer schwerer, und sie fragte den Boten, der bis jetzt immer stumm neben ihr her gegangen war:

>»Ach, mein Herz bricht in der Brust.
>Sind wir bald in Munkelwust?«

Da sagte der Bote:

>»In der Schlucht liegt Munkelwust,
>hier am Baum du warten mußt
>bei dem Pumpelirio;
>Jerum macht es immer so.
>Setz dich an die Felsenstufen,
>ich will dir den Bräutigam rufen.«

Und da verließ er die Ursula unter einem großen dürren Baum, wo der böse Pumpelirio Holzebock auf einem Felsen stand, und lief nach dem Tale hinunter. Ursula war in der entsetzlichsten Angst; die Nacht brach an, die Eulen schrien auf dem dürren Baum; der Mond ging blutrot hinter dem Pumpelirio Holzebock auf. Ursula war sehr müd und setzte sich ins Gras und begann bitterlich zu weinen. Da hörte sie wieder den traurigen Gesang, und es kam immer näher und näher durch den Nebel, und sie sah eine Reihe von weißen Jungfrauen auf den Platz ziehen. Sie hatten Brautkränze auf und waren alle ganz bleich, und in der Brust hatte jede ein Messer stecken, daß das Blut über ihre weißen Röcklein niederfloß. Sie zogen über die Grasspitzen weg, als wären sie von Luft, und sangen mit feiner Stimme:

»Willkommen, willkommen, du Jerum Braut!
Ein Messer ins Herz, das heißt getraut.
Ach, ohne Kreuz und Segen
liegen im Schnee und Regen
bald hier deine Beinelein
im Sonnen- und im Mondenschein.
Im Baum da schreien die Raben.
Ach, wäre ich doch ehrlich begraben!«

Ursula war in der fürchterlichsten Angst und riß vor Bangigkeit das Gras aus der Erde; da schrie auf einmal eine der weißen Jungfrauen sie an:

»O weh! o weh!
Was raufst du meinen Kranz,
morgen mußt du auch an den Tanz!«

Da sprang Ursula auf und wollte fliehen, aber sie fiel über einen Hügel; da schrie eine andere sie an:

»O weh! o weh! Was trittst du auf mein Herz,
morgen leidest du denselben Schmerz.«

So ging das immerfort; sie mochte fliehen nach welcher Seite sie wollte, immer trat ihr eine jener Jungfrauen in den Weg und schrie bald: »O weh mein Arm, o weh mein Bein, o weh mein Leib«, usw.

Da stand Ursula endlich still und fragte: »Oh, ihr armen Jungfrauen, wer seid ihr und was wollt ihr von mir?« Da sangen sie:

>>Jerums Frauen von gestern
sind wir, Messerschwestern,
Jerums Weib von heute:
Morgen gehst du uns zur Seite.
Bete fleißig, denn gar oft
kömmt das Messer unverhofft.
Im Baume schreien die Raben;
ach, wären wir ehrlich begraben.
Fort von hier, von hierio
weit vom Pumpelirio,
weit vom Holzebocke
hübsch mit Kreuz und Glocke;
mit Gesang und Posaunenspiel,
gibt uns Ruh und kost' nicht viel.«

Da antwortete ihnen Ursula: »Ach, wenn es mir möglich ist, sollt ihr gewiß begraben werden:

Unter zarten Blumenrasen,
in dem Schatten grüner Linden,
wo die frommen Lämmer grasen,
sollt ihr euer Bettlein finden.
Und ein kühler Marmorbronnen
soll da bei der Linde springen,
an jed' Bettlein hingeronnen
kühlen Born wohl jeder bringen,
daß ihr könnt die heißen Schmerzen
eurer schreinden Wunden kühlen,
und das Blut zerrißner Herzen
von dem weißen Schleier spülen.
Ach! Wenn Gott euch wird erwecken,
sollt ihr für den Mörder bitten!
Ringsum blühen Rosenhecken,
und ein Kreuz steht in der Mitten.
Will der Herr mein Blut auch haben,
soll man zu des Kreuzes Füßen,

euch zur Seite mich begraben,
bis uns all die Englein grüßen.«

Während Ursula diese Worte recht von Herzen sprach, sahen die Jungfrauen sie mit rechter Liebe an, und jede zog ihr Ringlein vom Finger, und sie flochten sie ineinander wie eine Kette und zogen Blumen durch, daß es eine Krone ward; die setzten sie der Ursula auf das Haupt und sangen:

>»So viel Ringe, so viel Bräute;
so viel Bräute, so viel Messer;
so viel Messer, so viel Herzen;
so viel Herzen, so viel Wunden;
ach, du arme Braut von heute!
Ach, dir geht es auch nicht besser;
ach, du hast die bittern Schmerzen
alle bald wie wir empfunden.«

Da krähte aber der Hahn, und sie schwebten über die Wiese weg. Ursula fühlte sich ruhiger, sie sah an dem blauen Himmel die Sterne an, und da glänzte das Gestirn, das man den großen Bär nennt, ihr besonders tröstlich in das Herz. Da gedachte sie recht innigst an ihre verstorbenen Eltern, den Fürsten Ursus und die Fürstin Ursa von Bärwalde, welche sie nie gesehen hatte, und sprach: »Ach, mein geliebter Vater und meine liebe teure Mutter, ich habe euch nie gekannt, aber ich liebe euch doch wie ein frommes Kind; oh, verlaßt mich nicht in meiner tiefen Angst; schaut auf euer armes Töchterlein; ich will ja alles ruhig ertragen, was über mich bestimmt ist.« Als sie diese Worte recht von Herzen gesprochen hatte, sieh, da war es, als wenn die zwei Sterne am Himmel zusammenstießen und als wenn einer davon in den Schoß der guten Ursula herabfiele. Aber sie fand nichts.

Ihr Herz war aber sehr gestärkt und ihre Seele ganz voll frischem freiem Mut. Schon stand der Mond tief über der dunkeln Waldschlucht, worin Munkelwust lag, als sie auf einmal ein wildes Horngetön erklingen hörte und aus dem Waldgrund herauf Pferdegetrapp tönte. Sie richtete sich auf und trat auf einen Felsen; da sah sie einen Reiterzug mit brennenden Fackeln heransprengen, daß die Funken und die brennenden Pechtropfen rings in das dürre Laub fielen und die Flammen prasselnd durch die Büsche herum zischten. Sie sprengten im Galopp heran, an ihrer Spitze saß Jerum im roten Mantel auf einem getigerten Rosse. Auf seinem Helm war das Bild eines Drachen, seine langen schwarzen Haare wehten wie die Mähne seines Rosses im Wind, und an seinem Gürtel hatte er eine breite Scheide hängen, worin viele Messer staken. Sie sangen ein wildes Lied, welches also lautete:

»Juch! juch! Über die Heide!
Fünfzig Messer in einer Scheide
reitet Jerum auf die Freite:
Schürz dich, Braut! zur Hochzeitreite.«

So schrecklich das auch klang, konnte Ursula doch nicht mehr erschrecken; sie stand in wunderbarer Schönheit auf dem Felsen, gerade dem häßlichen Pumpelirio Holzebock gegenüber, und als der König Jerum heransprengte, wehte sie ihm mit ihrem Tüchlein entgegen. Und da die Reiter mit den Fackeln um sie her standen und Jerum von ihrer wunderbaren Schönheit und ihrer schönen Hochzeitskrone, die ihr die Geisterfräulein geflochten hatten, ganz geblendet zu ihr hinritt, streckte sie die Hand gegen ihn aus und sprach:

»O Jerum, Jerum, sei willkomm!
Nimm deine Braut und werde fromm!
Im Baum, da schreien die Raben;
ach, wären wir ehrlich begraben!
Drum sollst du mir erst versprechen –
willst du mich auch erstechen –
begrab mich und die Mägdelein
in einem kühlen Lindenhain,
unter den grünen Rasen,

wo fromme Lämmer grasen,
wo ein klarer Bronnen
kömmt an das Herz geronnen,
ein Kreuz steh in der Mitten:
Da will ich ruhn zu Füßen
und für den Mörder bitten
wenn mich die Englein grüßen,
daß ihn in Zorn und Schrecken
der Herr nicht mög erwecken.«

Als sie diese liebseligen Worte sprach, schüttelte sie ihr Haupt, und die Ringlein klingelten in der Krone, und in der Luft hörte man singen:

»Fort von hier, von hierio,
weit vom Pumpelirio,
weit vom Holzebocke.
Hübsch mit Kreuz und Glocke,
Chorgesang und Posaunenspiel,
gibt uns Ruh und kost' nicht viel!«

Dem Jerum ging das durch Mark und Bein; er zitterte, daß ihm die Messer in der Scheide tanzten, und schrie mit verzweifelter Stimme gegen Ursula:

»Was sein soll, das muß geschehn,
nichts kann dem Geschick entgehn.
Ach, ich möchte nicht und muß!
Oh, ich armer Jerumius!«

Da knackte auf einmal der Pumpelirio Holzebock so gewaltig, als wolle er in der Mitte auseinanderplatzen, und Jerum riß die arme Ursula vom Felsen und

faßte sie in der Mitten
und schwang sie auf sein Roß,
hei, wie sind sie geritten
nach Munkelwust ins Schloß.

Mehrere Wochen war Ursula schon die Gemahlin des bösen Jerum, und sie war so gütig und so fromm und so schön und so mild, daß er ganz tiefsinnig wurde und über sein böses Leben nachdachte. Ach, seine Stadt Besserdich lag ihm immer im Sinn. Ursula sprach immer von Besserdich, aber er schämte sich, gedemütigt an den Ort zurückzukehren, wo er immer ein übermütiger Herr gewesen war, und wurde dann oft plötzlich von Zorn und Wut überfallen und ritt im Land herum und tat viel Böses. ›Ach‹, dachte dann Ursula, ›wenn mir Gott ein liebes Kind schenkte, das ihm freundlich wäre, vielleicht würde sein wildes Herz gerührt werden, wann es ihn freundlich anblickte und ihm seine kleinen Hände entgegenstreckte.‹ Sie betete darum immer sehr fleißig zu Gott, und wenn sie abends allein am Fenster saß und den wilden Jerum von seinen Streifereien zurückerwartete, so blickte sie immer nach dem Gestirn des großen Bären und dachte ihrer verstorbenen Eltern, und streckte die Hände gen Himmel: ›Ach, wenn ich nur ein Kind hätte!‹ Den einzigen Trost hatte sie in ihrem elenden Leben, daß die armen Leute aus Bärwalde die Bedrückung des Jerum leichter zu ertragen schienen, seit die liebe Tochter ihres ehemaligen Fürsten bei ihnen war. Auch tat sie, wo sie konnte, ihnen Gutes und redete ihnen freundlich zu. Das traurigste aber war ihr, daß Jerum niemals erlaubte, daß sie an Fanferlieschen schreibe, und daß er schon einige Boten dieser ihrer einzigen Freundin hatte ermorden lassen. Als sie nun einstens Abends einsam und traurig am Fenster saß und auf Jerum wartete, der seit mehreren Tagen nicht mehr heimgekehrt war, war der Himmel ganz trüb und ihr liebes Gestirn nicht zu sehen. Und wie sie so an den wilden Bergwänden hinaufblickte, hörte sie wieder jenen traurigen Gesang, und die weißen Jungfrauen zogen ums Schloß herum und sangen sehr traurig:

> »Im Baume schrein die Raben;
> ach, wären wir ehrlich begraben!
> Fort von hier, von hierio,
> weit vom Pumpelirio,
> weit vom Holzebocke.
> Hübsch mit Kreuz und Glocke,
> Chorgesang, Posaunenspiel,
> gibt uns Ruh und kost' nicht viel.«

Worauf sie verschwanden. Da nahm sich Ursula fest vor, nicht zu ruhen noch zu rasten, bis die Fräulein begraben wären. Bald darauf hörte sie wilden Hörnerklang und sah die Fackeln durch den Wald reiten und hörte den wilden Gesang von Jerums Zug:

> »Juch! juch! Über die Heide!
> Fünfzig Messer in einer Scheide.«

Sie eilte hinab an das Tor, ihren Gemahl zu empfangen, aber er sprengte so wild herein, daß sie das Pferd gegen die Treppe schleuderte. Als Jerum absteigen wollte, raffte sie sich auf und hielt ihm den Steigbügel. Er redete aber nicht freundlich mit ihr und bat sie nicht um Vergebung. Finster stieg er die Treppe hinauf, und die arme Ursula folgte ihm nach. Er setzte sich auf seinen Stuhl und redete kein Wort; sie konnte es vor Jammer nicht mehr aushalten und warf sich vor ihm auf die Knie und weinte und sprach: »Ach, mein Gemahl, was hab ich dir zuleide getan?« Er antwortete nicht. »O ich Unglückliche«, rief sie, »ich hatte mich so auf deine Heimkehr gefreut, ich hatte dich recht innig bitten wollen:

> Du möchtest begraben die Mägdelein
> in einem kühlen Lindenhain – – –«

Weiter konnte sie vor Tränen nicht sprechen; sie legte ihr Haupt in seinen Schoß, und als die Ringe in ihrer Krone so rasselten, zitterte Jerum am ganzen Leibe. Plötzlich faßte er mit seiner Hand an ihr Ohr und schrie wie erschreckt:

> »O wahr, wahr, wahrlich, wahr!
> du mußt auch zu der Schar,
> Bärin Ursula, der Schuß! –
> O ich armer Jerumius.«

»Was fehlt dir, lieber Jerum«, sagte Ursula, »daß du so traurig redest?« Da erwiderte er: »Nichts, mein Weib; aber stehe auf, wir wollen gleich dahin gehen, wo die Mägdelein sollen begraben werden; ich habe den Lindenhain gefunden, ich will dir ihn zeigen.« Das sagte er so kalt, daß Ursula zitterte und sprach:

>»Ach Jerum, hast du mich ein bißchen lieb:
Jetzt nicht, jetzt nicht, der Himmel ist trüb.«

Er aber sprach:

>»Nur fort! Nur fort! Der Himmel grau,
der ist so recht zur Totenschau.«

Da zog er sie zum Schloß hinaus und zog mit ihr den Weg hinauf nach dem Pumpelirio Holzebock. Da sprach sie:

>>Ach Jerum! Ach! kein Lindenhain
wird auf dem Weg zu finden sein.<<

Er aber sprach:

>>Nur fort! Und ist's kein Lindenhain,
so finden wir doch Totenbein.<<

Da weinte Ursula sehr und klammerte sich an ihn und sprach:

>>Ach Jerum! Ich flehte zum Himmelsthron,
daß Gott uns schenk' einen kleinen Sohn.<<

Er aber zerrte sie weiter den Berg hinauf und sprach:

>>Nur fort! Nur fort! Es heult der Wind,
er wiegt der Bärin ihr schwarzes Kind.<<

Da sie aber oben waren, ging der Mond ganz blutig auf, und Ursula sprach:

>>Ach Jerum! Der Mond ist blutig rot.
Ach Jerum! Stich mich heut nicht tot.<<

Er aber sprach:

>>Nur fort! Das ist der Abendschein,
er scheinet in den Lindenhain.<<

Da kamen sie den Berg hinauf auf die öde Heide, und Ursula sprach:

>>O Jerum! Wie die Wolken fliehn,
wie sie so wild vor dem Monde ziehn.<<

Er aber sprach:

> »Nur fort, das sind die Lämmer klein,
> sie ziehen nach dem Kirchhof dein.«

Und immer riß er sie weiter fort, ach! daß die Dornen ihr Röcklein zerrissen, und Ursula sprach:

> »O Jerum! Die Dornen zerreißen mich,
> kehre um, ich bitte dich!«

Er aber sprach:

> »Nur fort, es ist der Rosenhain,
> er schließet rings den Kirchhof ein.«

Und nun kamen sie an den dürren Baum, wo der Pumpelirio Holzebock stand, und Ursula sprach:

> »Ach Jerum! Das ist der dürre Baum,
> das ist der wüste, öde Raum,
> das ist der Pumpelirio Holzebocke,
> ach! hörst du, wie die Raben schrein?«

Er aber sprach:

> »Hier ist der kühle Lindenhain,
> hier läutet deine Glocke,
> hörst du, wie der Neuntöter schreit?
> Du mußt sterben, halt dich bereit!«

Da sank sie auf die Knie und sprach:

> »Ach Jerum! Sag mir doch, warum
> bringst du deine arme Ursula um?«

Da sprach er:

> »Weil du nur eine Bärin bist,
> die mich betrog mit böser List.
> Bei Besserdich gleich an dem Tor
> schoß ich den Pfeil dir durch das Ohr.

Die Narbe habe ich gefühlt,
als ich mit deinen Locken spielt'.
Und jetzo muß ich dich erstechen,
um Fanferlieschens Schwur zu brechen.
Mach fort! Mach fort! Der Neuntöter schreit,
sterben mußt du, halt dich bereit!«

Ursula kniete nieder, um zu beten, und Jerum suchte eins von seinen fünfzig Messern heraus und fing es an zu wetzen. Wie Ursula die Hände gegen Himmel hob und betete, sah sie plötzlich das Gestirn des großen Bären erscheinen, und es zuckte wieder wie damals, als sie zuerst hier betete, und es fiel wieder wie ein Stern in ihren Schoß nieder. Da war sie auf einmal wunderbar getröstet und stand auf und sprach:

»Herr, ist dies der Lindenhain,
wo ich soll begraben sein?
Sag, wo ist der kühle Bronnen,
der zum Grabe kömmt geronnen?«

Jerum sprach da:

»Aus der Brust soll er dir springen,
wenn ich werd das Messer schwingen.«

Da griff er nach dem Messer, das er geschliffen und neben sich gelegt hatte, aber fort war es; er konnte es nicht mehr finden. Da sagte er zu Ursula: »Bete nur noch ein wenig.« Sie kniete nieder und betete fort. Er nahm ein anderes Messer und wetzte es und legte es wieder hin und rief:

»Mach fort! Mach fort! Der Neuntöter schreit,
sterben mußt du, halt dich bereit!«

Ursula nahte sich still und sprach wieder:

»Herr, ist dies der Lindenhain,
wo ich soll begraben sein?
Sag, wo ist der kühle Bronnen,

der zum Grabe kömmt geronnen?«

Da sprach er wieder:

>»Aus der Brust soll er dir springen,
  wenn ich werd das Messer schwingen.«

Aber das Messer war wieder fort. Er konnte das nicht begreifen und ließ sie wieder beten und wetzte wieder. Und sie kniete hin und betete für den Jerum recht von Herzen. Er rief wieder:

>»Der Neuntöter schreit,
  halt dich bereit!«

Sie nahte wieder mit denselben Worten, das Messer war wieder fort, und so ging das, bis neunundvierzig Messer fort waren. Da hielt Jerum das fünfzigste Messer fest in der Hand und schwang den Arm und wollte es ihr in das Herz stoßen; aber auf einmal hielt er ein und tat einen lauten Schrei und ließ den Arm sinken, denn es flog ein Messer vom Himmel herunter auf seinen Arm und stach ihm die Hand durch und durch, und wo er hinfloh, fielen Messer auf ihn und verwundeten ihn hier und dort. Ursula lief auf ihn zu und umarmte ihn und bedeckte ihn mit ihren Armen; aber die Messer fielen überall auf ihn, bis sie alle heruntergefallen waren. Da hörte man die Hörner von Jerums Gefolg, da leuchteten die Fackeln heran. Sie zogen aus, ihren Herrn zu suchen, und fanden ihn mit Wunden bedeckt, und Ursula, die ohnmächtig bei ihm lag. Seine Diener waren sehr erschrocken, sie zogen ihm die Messer aus den Wunden, verbanden ihn, so gut sie konnten, und brachen Äste von dem dürren Baum, auf welche sie ihn und Ursula legten und nach Haus brachten. Dabei sangen sie:

>»Juch! juch! Über die Heide!
  Fünfzig Messer in einer Scheide,
  fünfzig Messer in Mannes Leib,
  durch Ursula, das böse Weib.«

Über ihnen aber flog der Neuntöter und schrie sehr heftig, und neben dem Zug schwebten die weißen Jungfräulein über die Erde hin und sangen:

»Fünfzig Messer in Mörders Leib,
ihr könnt nicht retten sein treues Weib.«

Das alles war sehr betrübt.

Als sie sich Munkelwust nahten, sahen sie das ganze Schloß erleuchtet. Da ließ der Führer den Zug halten, nahte sich dem Jerum, der sich etwas erholt hatte, und redete mit ihm heimlich, worauf sich der Zug trennte. Die mit den Fackeln zogen mit Jerum in das Schloß. Der Führer aber und sein Sohn blieben mit der armen Ursula zurück. Als der Zug schon in das Schloß herein war, trugen sie die Ursula in einen alten, hohen Turm des Schlosses, in welchem gar kein Fenster war. Da legten sie dieselbe an die Erde, gingen weg und mauerten die Türe zu und warfen eine Menge Disteln und Dornen davor.

Die arme Ursula mochte wohl ein paar Stunden in dem dunkeln Turm gelegen haben, als sie etwas Kühles an den Augen und Wangen spürte und erwachte. Das erste Wort, das sie aussprach, war: »Ach, mein teurer Herr und Gemahl, lebst du noch? Oh, wenn Gott nur deine Diener herführte, dich mit deinen vielen Wunden aus der dunkeln Nacht nach Hause zu bringen. Ich will dich so treulich pflegen und heilen, daß du mich gewiß liebgewinnen sollst. O mein Gemahl, antworte mir! Wehe mir, haben dich die fallenden Messer getötet, konnte ich keines, mit meinem Leibe dich bedeckend, von dir abwenden?« Da die arme Ursula, welche glaubte, sie sei noch an dem schrecklichen Orte bei dem bösen Pumpelirio Holzebock, keine Antwort erhielt, richtete sie sich auf und suchte herum, den Leichnam ihres Gemahls zu suchen; aber wie erschrak sie, da sie sich rings von kalten Mauern umschlossen fühlte. »Oh! allmächtiger Gott!« rief sie aus. »Wo bin ich, was ist aus mir geworden?

> Weh, weh, ganz allein!
> Erd und Himmel sind von Stein!
> Ach, kein Mond, kein Sternenschein,
> und kein Lüftlein grüßt herein,
> und es singt kein Vögelein;
> weh, weh, ganz allein!«

Da sprach eine Stimme zu ihr mit freundlichem Tone: »Erschrick nicht, liebe Ursula, ich bin da; erinnerst du dich wohl des Vogels, dessen Junge du von dem Marder durch einen Steinwurf befreitest und mit dem du deinen Kuchen teiltest, da du durch den Wald nach Munkelwust reistest?«

»O ja«, sprach Ursula, »aber was soll dieser Vogel? Wer bist du? Sage mir um Gottes willen, wo ist Jerum, mein armer Gemahl, und wie komme ich an diesen Ort?«

»Ich bin dieser Vogel«, antwortete die Stimme, »setze dich wieder an die Erde und erlaube mir, auf deine Hand zu sitzen, so will ich dir alles erzählen, was du mich gefragt, und noch viel, viel mehr. Aber fasse Mut und vertraue auf Gott, du bist sehr unglücklich.

>     Aber keiner ist so allein,
>     und wäre Erd und Himmel von Stein
>     und schiene kein Mond, kein Sternenschein,
>     und grüßte ihn kein Lüftlein,
>     und sänge ihm kein Vögelein:
>     Wird doch in seinem Herzen rein
>     der liebe Gott stets bei ihm sein.«

Da setzte sich Ursula an die Erde und legte ihren Kopf gegen die harte Steinwand und streckte die Hand aus und sprach: »Komm, lieber Vogel, setze dich auf meine Hand; ach, du bist fromm, und ich will Gott vertrauen, und wäre mein Elend noch so groß.« Da flog der Vogel auf ihre Hand, sie zog sie an sich und drückte ihn an ihre Wangen, die er sanft mit den Flügeln streichelte. »Deine Flügel sind ja naß«, sprach Ursula. »Ja, liebe Ursula«, sagte der Vogel, »ich habe sie in kühles Quellwasser getaucht und habe flatternd dein Gesicht hiermit gesprengt, damit du aus der Ohnmacht erwachest.« – »Oh, wie gut bist du«, erwiderte Ursula, »was bist du denn für ein Vogel?« – »Frage nicht«, sagte der Vogel, »ich habe einen häßlichen Namen.« Da erwiderte Ursula: »Sage ihn mir nur, du hast dich so gut gegen mich gezeigt, ich will dich lieben, und wärest du auch ein Neuntöter.« – »Der bin ich«, sagte der Vogel, »und höre nun alles still an, denn ich habe noch viele Geschäfte für dich.« – »Erzähle«, sagte Ursula, »ich unterbreche dich nicht wieder!« Da sprach der Neuntöter also: »Du weißt, nach dem Tode von Jerums Vater, dem guten König Laudamus, führte Fanferlieschen wie gewöhnlich ihre Waisenkinder zu dem Hirsenmusfest auf die Eselswiese. Der böse Jerum wollte den Kindern, statt ihnen wie sein verstorbener Vater Zucker und Zimmet auf den Brei zu streuen, Gift drauf streuen lassen, damit sie alle sterben müßten, weil er wußte, daß die Erbin von Bärwalde dabei sei, welches Ländchen er gern gehabt hätte. Ich

Unglücklicher war der Kammerherr von Neuntöter und sollte das Gift auf das Mus streuen; da erschien der Geist des verstorbenen Laudamus und verwandelte mich zur Strafe in einen Neuntöter, und als ein solcher Vogel habe ich bis jetzt im Walde gelebt. Du kannst dir denken, wie es mich rührte, daß du, die ich dich doch auch mit den andern vergiften wollte, mir so große Wohltaten erwiesest; und seit dieser Zeit habe ich nie wieder von andern lebendigen kleinen Vögeln gelebt, was sonst die Art der Neuntöter ist, sondern ich habe mir große Gewalt angetan und habe nur schädliche Fliegen und Würmer und Samen von Unkraut gefressen. Immer habe ich mich gesehnt, dir für deine Wohltaten dankbar werden zu können, und endlich habe ich die Gelegenheit gefunden. Ich flog oft um das Schloß Munkelwust und belauerte alles. Da habe ich denn auch gehört, wie Jerum zu seinem alten Diener sprach, als er das letzte Mal nach Hause ritt: ›Rüste alles zum Empfange der Königin Würgipumpa im Schlosse zu. Morgen kömmt sie hier an, ich bin schon mit ihr vermählt. Heute nacht steche ich die Ursula bei dem Pumpelirio Holzebock tot.‹«

»Ach Gott, ach Gott, ist das wahr, Neuntöter?« rief da Ursula aus. »Ist das wahr?«

»Ja, es ist wahr«, sagte der Vogel, »die neue Königin ist da.«

»Ach, lieber Gott«, sagte Ursula, »ich bitte dich, mache, daß Würgipumpa recht gut und fromm sei, daß sie ihm noch mehr Liebe erweise als ich, daß sie ihn recht pflege in seiner Krankheit. Gott segne ihn, daß sie ihn auf gute Wege und wieder in seine Stadt Besserdich führe. Nun erzähle weiter, lieber Neuntöter.«

»Oh, wie bist du gütig, Ursula, du betest für deinen Mörder!« sagte der Vogel.

»Rede nicht so hart von dem unglücklichen Jerum, Gott der Herr möge uns allen verzeihen«, versetzte Ursula. – »Ach ja«, seufzte der Vogel und sprach fort: »Als ich gehört hatte, daß du sterben solltest, flog ich auf den dürren Baum bei dem häßlichen Pumpelirio und wartete auf dich, und als Jerum sein Messer wetzte und du knietest und für ihn betetest, mußte ich vor unendlichem Grimm laut schreien. Sooft er nun eines von seinen fünfzig Messern geschliffen hatte und neben sich legte, flog ich von der Nacht versteckt herzu und nahm das Messer weg und trug es auf den Baum. Das letzte aber hielt er fest in der Hand; ach! da zitterte ich für dein Leben, und mein Zorn ward so groß, daß ich eines seiner früheren Messer auf seine Hand herabfallen ließ, mit welcher er soeben dein liebes, treues Herz durchbohren wollte. Meine Kinder und Freunde, welche still auf dem Baum gesessen, wurden nun auch so ergrimmt als ich, denn ich hatte ihnen erzählt, daß du von ihnen einst den Marder abgehalten, und da ergriffen sie alle die andern Messer und ließen sie auf den bösen Jerum fallen. Ach, in welcher Angst war ich, da du ihn mit deinem Leibe vor den fallenden Klingen schützen wolltest, du möchtest verletzt werden, aber ich konnte ihren Zorn nicht abwehren; doch der hebe Gott hat dich beschützt.«

»Was du erzählst, ist schrecklich und traurig«, unterbrach Ursula den Vogel, »aber sage mir um Gottes willen, ist Jerum noch am Leben? Wird er wohl wieder gesund werden? Und wo bin ich denn? Werde ich je wieder aus diesen dunklen Mauern kommen?«

Da erwiderte der Vogel: »Jerum ist schwer krank, aber ich zweifle nicht, er wird genesen. Gott wird ihn doch nicht sterben lassen, ehe er sein schweres Unrecht eingesehen und bereut hat; denn als man ihn mit dir nach Munkelwust zurückbrachte, machten seine Diener in der Nähe des Schlosses, welches wegen der Ankunft der neuen Königin schon prächtig erleuchtet war, halt und fragten ihn, was sie mit dir anfangen sollten. Da sagte er, sie sollten dich umbringen und begraben. Aber dein Anblick rührte sie, und da haben sie dich in den alten Turm des Schlosses gelegt und haben ihn vermauert. Gott hat es gefügt, daß ich, um dir nahe zu sein, in den letzten Tagen mein Nest da oben in dem Dache gebaut, und so denke ich denn, daß Gott es mir auch künftig vergönnen wird, an dir das Böse, das ich als Mensch getan, wieder gutzumachen.«

»Gott, sei gelobt und gepriesen«, sagte Ursula, »ach, wenn ich nur den lieben Sternhimmel sehen könnte, das würde mich recht stärken und trösten!«

»Das sollst du, liebe Ursula!« erwiderte der Vogel. »Überhaupt fasse Mut: Alles, was ich nur auf Erden vermag, soll dazu dienen, dir dein Leben erträglich zu machen. Das Dach des Turmes ist ziemlich lose, ich will mit meinen Freunden Löcher hineinmachen, daß du den Himmel sehen kannst, und wenn es regnet, wollen wir es mit Strohhalmen und Moos decken. Ach, liebe arme Ursula, lasse mich nur sorgen, ich habe den Kopf voller Gedanken, dir Freude zu machen: Wenn mir nur die Hälfte gelingt, sollst du in vielen Stunden glücklicher als manche Prinzessin sein, wenigstens glücklicher, als du es auf dem Schlosse Munkelwust warst. Lebe wohl, jetzt sorge ich dir vor allem für ein Lager und für Licht und für einige Erquickung.«

Nach diesen Worten flog der gute Vogel in die Höhe des Turms, und Ursula rief ihm nach:

»Dank und Ehre und Preis sei Gott im Himmel, der dich guten Vogel bewogen hat, mich zu erhalten, damit ich fromm sei und beten kann.« Kaum war der Neuntöter oben auf dem Turm angekommen, als er mit seinen andern Gehülfen an einigen alten Ziegeln mit dem Schnabel den Kalk loshackte, und nach einigen Minuten hörte man die losen Steine über das Dach herunterrasseln und draußen an die Erde fallen. Ach, da sah der liebe blaue Sternenhimmel hinunter in den Turm, in die Augen, in das liebe treue Herz der frommen Ursula, wie in einen tiefen Brunnen voll Schmerz und Bitterkeit. Aber sein milder Schein brachte Friede und fromme Ergebung herein. Ursula lehnte ihr Haupt gegen die Mauer und sah ruhig hinauf. Da erkannte sie das Gestirn des großen Bären, das sie an ihre Eltern erinnerte, mit viel Freude und betete recht fromm zu Gott für ihre Eltern und den grausamen Jerum und für Fanferlieschen und fiel dann in einen sanften Schlummer. Gegen Morgen wurde sie von angenehmem Gesange erweckt. Da sah sie an den offenen Stellen des Daches mehrere Rotkehlchen und Distelfinken und Schwalben sitzen, die immer herabguckten und außerordentlich schön sangen; und da sie sich aufrichtete, kam der Neuntöter herabgeflogen und brachte in seinen Klauen einen Zweig voll der schönsten Kirschen, der so groß war, daß er ihn kaum tragen konnte. Er flog auf die Hand der Ursula und gab ihr den Zweig und sprach: »Da hast du vorerst eine kleine Erquickung, bald soll mehr kommen. Jetzt lasse uns vorerst sehen, wie Boden und Wände hier beschaffen sind.« Ursula dankte und aß die süßen Kirschen, und dann besahen sie den ganzen Raum. Der Turm war so geräumig als eine kleine Stube, die Wände aber waren rauhe Steine, und da Ursula daran herumfühlte, fand sie ihn an der einen Seite sehr warm. Da sagte der Vogel: »Ja, ja, ich weiß schon, gleich daneben ist die Schloßküche, und der Feuerherd steht dicht hier an der Wand.« – »Du hast recht«, sagte Ursula, »jetzt erinnere ich mich; aber da fällt mir etwas ein: Durch die Küche läuft ja ein fließendes Bächlein gerade unter dem Herd weg. Sollte das nicht auch unter dem Turm weg laufen?« Da legte sie sich an die Erde und horchte und hörte es murmeln und rief voll Freude: »Ach, da ist lebendiges Wasser.« – »Das muß geöffnet werden«, sagte der Vogel, »damit du dich waschen und trinken und auch ein bißchen kochen kannst. Laß mich nur sorgen. Erst wollen wir den Boden fegen, damit du dein Bettlein machen kannst.« Nun pfiff er in der Vogelsprache in die Höhe, und viele Vögel schwebten sanft herab und pickten alle Steinchen und Späne auf, die am Boden lagen, und trugen alles so sorgsam zum Dach hinaus und fegten dann mit ihren Flügeln so rein, daß der Boden wie eine Tenne sauber wurde. Nun flogen sie weg und brachten eine Menge trockenes Moos und Wolle, welche die Schafe an den Dornen hatten hängen lassen, und fuhren so lange damit fort, bis so viel beisammen war, daß Ursula sich ein recht weiches Lager daraus bereiten konnte. Als dies fertig war, kam der Neuntöter wieder und brachte einen großen Maulwurf, den setzte er an die Erde und sprach: »Da habe ich einen Bergknappen gebracht, der soll uns nach dem Brunnen wühlen.« Der Maulwurf scharrte gleich munter drauflos; da er aber bald an das Wasser kam, so hörte er auf und ließ sich wieder hinwegtragen. Ursula räumte mit einem Stein nun die Erde hübsch auf und hatte nun ein schönes Bächlein durch ihren Turm laufen, dessen Rand sie mit Steinen auslegte und dessen Grund sie mit bunten Kieseln belegte, die ihr die Vögel brachten. Von der aufgewühlten Erde machte sie sich einen kleinen Herd und eine Bank. Mit diesen Arbeiten ward es Mittag, die Sonne schien gerade vom Himmel in den Turm herein, und Ursula konnte durch die Wand den Bratenwender in der Küche schnurren hören. Da kam auf einmal der Vogel geschwinde, geschwinde den Turm herabgeflogen und trug ein gebratenes Rebhuhn in seinen Klauen und sprach: »Nimm, liebe Ursula; das hatte sich der Koch beiseite gelegt, ich bin durch den Rauchfang in die Küche und habe es für dich geholt.« Dann brachte er ihr auch Brot, und während sie aß, sprach er: »Denk dir, wie gerecht der Lohn des Himmels ist: Die zwei bösen Diener Jerums, welche dich hier herein vermauert, sind von den Ziegelsteinen, die ich von dem Dach losmachte, damit du den Himmel sehen solltest, totgeschlagen worden. Jetzt weiß niemand, daß du hier bist, und ich kann mit niemand reden als mit dir; nun wirst du wohl lange hier bleiben müssen.« – »Wie Gott will«, sagte Ursula und bat den Vogel, er möge ihr nur recht viele Wolle verschaffen und eine Spindel, damit sie spinnen könne, und ein paar feine Stäbchen, damit sie stricken könne. Das brachte ihr der Vogel alles und brachte ihr täglich zu essen. Da spann sie und strickte und betete und entschlief nachts, nach den Sternen sehend. An einem

Morgen, als der Vogel ihr keine Kirschen, aber Weintrauben brachte, fragte ihn Ursula recht ängstlich, was Jerum mache. »Oh, er ist recht wohlauf«, sagte der Vogel, »die neue Frau Königin ist recht strenge gegen ihn; wenn er heftig will werden, so zeigt sie ihm nur ihren Pantoffel, da wird er stille.« – »So«, sagte Ursula, »möge es zu seinem Besten sein; aber, liebster Vogel, ich bitte dich, kannst du mir nicht recht zarte Flaumfedern schaffen?« – »Soviel du willst«, erwiderte der Neuntöter, »alle Vögel sollen sich die zartesten ausrupfen; sie tun mir jetzt alles zulieb, weil ich ihre Jungen nicht mehr fresse.« Da flog er fort, und bald waren viele Vögel da, die saßen auf Ursulas Schoß und rupften sich die Flaumfedern auf ihre Schürze aus. Als es genug war, dankte Ursula, und sie flogen weg. Am andern Tag sagte Ursula: »Kannst du mir wohl einige Leinentüchlein bringen?« – »O ja«, sagte der Vogel, »sie bleichen Wäsche am Schlosse; heut nacht bringe ich dir soviel du willst.« In der Nacht brachte er ihr sechs Windeln, und sie nähte zwei zusammen und stopfte die Flaumfedern hinein und machte ein Kissen daraus, und suchte hervor, was sie alles gestrickt hatte, von Wolle, und legte es alles fein und ordentlich zurecht. »Ei«, sagte der Vogel, »liebe Ursula, ist es doch, als wenn du dir ein Nestchen bautest, so wirtschaftest du herum und stopfest Bettchen und legst allerlei schöne Kleidchen und Mützchen zurecht.« – »Ach lieber Vogel«, sagte Ursula, »ich habe heute nacht, als ich so an den Himmel hinauf zu meinem Stern sah, einen recht innerlichen Trost empfunden, als sollte ich nun bald nicht mehr so allein sein.« – »Welche Gesellschaft hättest du dann am liebsten?« fragte der Vogel, und Ursula erwiderte: »Ach, so mir Gott ein liebes schönes Kindlein bescheren wollte, oh, ich wäre so glücklich, so glücklich!« – »Das glaube ich«, sagte der Vogel, »aber lebe wohl, ich muß heute auch noch an meinem Nestchen bauen.« Da flog er fort. So lebte Ursula ruhig fort, von den guten Vögeln bedient und ernährt. Ihr Wohnort verschönerte sich täglich, die rauhen Wände waren mit gestickten wollenen Decken behängt, der Fußboden war mit Strohmatten belegt, das durchfließende Bächlein war mit bunten Steinen ausgelegt, Bogen, Kränze, Sterne und Sonne von roten Beeren hingen an den Wänden umher; allerlei Körbe und Geräte von Weidenruten, welche ihr die Vögel brachten, hatte Ursula geflochten und auch eine recht schöne Wiege. Als diese fertig war, legte sie die Bettchen hinein, und es ward Nacht. Der Sternenhimmel war gar hell, Ursula sah ihren lieben Stern, den großen

Bären, recht ernsthaft an und dachte an ihre Eltern und betete recht
fromm zu Gott. Da schlief sie ein, und es war ihr im Traum, als
zuckten die Sterne zusammen und als falle einer herunter in ihre
Wiege. Da fühlte sie eine so heftige Freude, einen so süßen Schmerz,
als flöge alles irdische Glück wie ein goldner Pfeil durch ihr Herz
und als fange sie ihn mit ihren Händen, und als wäre es ein wun-
derschöner bunter Vogel, der sich an ihre Brust schmiege und von
ihren Lippen äße und tränke wie von roten Kirschen. Ach, da war
es ihr wie ein Blitz durch das innerste Leben, und sie erwachte. Und
wer kann ihre Seligkeit aussprechen? Ein schöner kleiner Knabe
schlummerte an ihrer Brust. Sie weinte und betete und nährte ihr
Kindlein, und die gute fromme Mutter gefiel dem lieben Gott. Am
andern Morgen sangen die Vögel so süß und lieblich wie nie. Der
Neuntöter und alle seine Freunde kamen, das Kindlein zu sehen,
und streuten Blumen auf seine Wiege und brachten ihr die besten
Speisen aus der Küche, und immer blieb ein wohlsingendes Vöglein
auf der Wiege sitzen und sang das Kindlein in Schlaf. Nach drei
Tagen, in einer Nacht, da die Sterne so hell schienen, als wollten sie
zu Gevatter stehen in ihrem schönen Glanz, betete die gute Ursula
recht herzlich und dankte Gott für das liebe Kind und versprach, es
in Gottesfurcht aufzuziehen, und sprach: »Ach du lieber Gott, ich
habe hier kein Kirchlein und keinen frommen Priester, der mein
Kind taufen könnte, so nimm meinen guten Willen für den Priester
und meine Not für ein Kirchlein an.« Und nun schöpfte sie Wasser
mit der hohlen Hand aus dem Bächlein des Turmes und taufte ihr
Kind im Namen Gottes und rief hinauf: »Saget, liebe Sterne, bei
welchen ich immer an meinen seligen Vater Ursus und meine Mutter Ursa denke, sagt, wie soll euer Patchen heißen?« Da bewegten
sich die Sterne und es flüsterte in die Ohren der Mutter: »Ursulus.«
Und sie taufte den Knaben Ursulus. Am folgenden Morgen kamen
die Vöglein alle und wollten das liebe Kind sehen, und sie brachten
der Mutter die besten Bissen aus der Schloßküche, und ein Vöglein
blieb immer auf der Wiege sitzen und sang den kleinen Ursulus in
den Schlaf. So lebte die arme Mutter sieben Jahre mit Ursulus in
dem Turm und erzog ihn auf das beste. Aber er bekam eine gewal-
tige Begierde, wenn er die Vögel oben auf dem Turm im Sonnen-
schein sitzen und singen sah und wenn die Wolken so vorüberzo-
gen, auch einmal da oben zu sein und sich umzuschauen, wie die
Welt aussähe. Das sagte er seiner Mutter, und da dachten sie nach,

wie es zu machen sei. Da kam der gute Neuntöter zu ihnen und hörte ihren Wunsch. »Das soll bald in Ordnung sein«, sprach er und flog weg. Er kam mit vielen Vögeln wieder, und alle brachten Hanf im Schnabel, daraus mußten nun Ursula und Ursulus Stricke drehen und mußten eine Strickleiter draus machen. Dann kam ein Adler, der trug die Strickleiter im Turm in die Höhe und hängte sie oben an einen Haken fest. Ursulus wollte gleich hinaufklettern, aber seine Mutter erlaubte es nicht, weil es noch Tag war und man ihn da oben hätte sehen können. Als es Abend wurde, stieg er voraus und Ursula hinter ihm auf der Strickleiter in die Höhe. Ach, sie hatte seit sieben Jahren Berg und Tal nicht mehr gesehen, und er noch nie. Als sie oben an dem Turmrande hinaussahen, umklammerte sie ihren Sohn mit beiden Armen, denn er war wie betrunken von der Luft und dem Abendrot und von Berg und Tal. Ach! sie mußte ihn sehr festhalten, daß er nicht herunterstürzte; denn wenn er die Vögel fliegen sah, so zuckte er die Arme hinaus und wollte auch fliegen. Sie stieg bald wieder mit ihm hinab, und nun mußte sie ihm bis spät in der Nacht erzählen und erklären, was er gesehen hatte. Bald mußte sie es bereuen, daß sie ihm die Herrlichkeit der Welt gezeigt hatte, denn Ursulus ward täglich unruhiger, und sein einziger Gedanke war, über diese Hügel und Berge zu schweifen, die er gesehen. Er fragte seine Mutter über alles aus; er hörte, Jerum würde sie umbringen, wenn er wisse, daß sie noch lebe; auch erzählte sie ihm von dem bösen Pumpelirio Holzebock und von den armen Jungfrauen, welche gern möchten begraben sein. Das tat dem kleinen Ursulus so leid, so leid; er konnte nicht mehr ruhen und rasten, und als sein Mütterlein einst in der Nacht schlief, schlich er an ihr Bett und küßte sie und weinte und flüsterte: »Leb wohl, leb wohl, Herzmutter mein!« Und nun stieg er die Strickleiter hinauf, und als er oben war, zog er die Leiter nach sich und warf Blumen, die oben wuchsen, in den Turm hinab, die fielen auf das Bett der Mutter, daß sie erwachte und ausrief:

>> »Wer warf das Blümlein, das mich traf?
Wer weckt sein Mütterlein aus dem Schlaf?
Bist du es, lieber Ursulus?
Komm, gib der Mutter einen Kuß!«

Da rief Ursulus hernieder:

»Leb wohl, leb wohl, lieb Mütterlein!
Der blanke Mond, der Sternenschein,
und Berg und Tal und Wies und Fluß,
die ziehn mich fort, ich muß, ich muß.«

Da sah die Mutter ihn mit Schrecken oben auf dem Turm. Sie sprang auf und wollte die Leiter hinauf zu ihm, aber sie fand sie nicht, denn er hatte sie zu sich hinaufgezogen. Da war Ursula gar betrübt und bat ihn, er möge die Strickleiter wieder herablassen, sie wolle ihn noch einmal an ihr Herz drücken. Er aber sagte: »Mutter, ich fühle, dann könnte ich Euch nicht verlassen; der Vogel soll Euch oft von mir Nachricht bringen, und so Gott will, sehn wir uns in Freuden wieder.« – »Aber wie willst du dann hinunterkommen?« rief die Mutter hinauf. »Ich habe mir alles ausgedacht«, antwortete er, »daneben am Turm kömmt der Rauchfang aus der Küche herauf, da hänge ich die Strickleiter hinein und werde Küchenjunge. Da bin ich immer in deiner Nähe; und wenn ich an der Mauer anpoche, dann lasse mir einen Faden auf dem Bächlein, das durch den Turm in die Küche fließt, herüberschwimmen, da werde ich dir etwas dranbinden, das kannst zu dir ziehen. Leb wohl, Herzensmutter; es muß, es wird alles besser werden.« – »O Gott, o Gott, mein Kind!« rief die Mutter und sank auf die Knie und weinte. Ursulus aber stieg durch den Rauchfang hinab in die Schloßküche. Die Mutter lauschte an der Wand, und sie konnte ihn klettern hören. Da pochte er mit der Feuerzange siebenmal, und sie nahm geschwind einen Faden, band einen Holzspan dran und ließ ihn hinüberschwimmen. Als Ursulus den Span fühlte, band er einen Blumenstrauß dran, den der Koch am Fenster stehen hatte, worüber sich die Mutter sehr erfreute. Als Ursulus den Tag grauen sah, versteckte er sich hinter das Holz bei der Küchentüre, und als der Koch in der Küche zu wirtschaften anfing, trat er hervor, als sei er zur Tür hereingekommen, und grüßte den Koch sehr freundlich. Dieser fragte ihn, wer er sei und wo er herkomme. Ursulus sagte, daß seine Mutter im Walde von Räubern sei umgebracht worden und daß er als ein armes verlassenes Kind Dienst suche. Dem Koch gefiel der freundliche schöne Knabe, und er nahm ihn zu sich als Küchenjunge. Wenn nun der Koch nicht da war, klopfte er immer der lieben Mutter, und wenn dann der Faden angeschwommen kam, band er ihr etwas Gutes zu essen dran und immer schöne Blumen dazu. Als aber der Hofmarschall einmal in die Küche kam und den wunderschönen Ursulus sah, gewann er ihn sehr lieb und sprach: »Morgen früh halte dich bereit, ich will dich zum König Jerum bringen; du sollst Edelknabe bei ihm werden.« Da dankte ihm Ursulus höflich.

Am Abend aber war er voller Sorge, wie er seiner Mutter nur sagen solle, daß er aus der Küche heraus in das Schloß komme. Da ging er in den Küchengarten und suchte Blumen und band einen Strauß Vergißmeinnicht, und da kam der Neuntöter zu ihm und dem gab er den Strauß für seine Mutter und sprach zu ihm: »Lieber Vogel, sage meiner Mutter, daß ich Edelknabe werde, und besuche mich manchmal und erzähle mir von ihr.« Der Vogel sagte leise: »Gott helf dir, ich bleibe dein Freund« und nahm den Strauß und flog in den Turm. Am folgenden Morgen ward Ursulus zu dem König Jerum gebracht. Als dieser ihn sah, ward er recht innerlich in seinem Herzen bewegt, denn Ursulus glich seiner Mutter sehr, und da gedachte der Jerum an sie und an seine Grausamkeit. Er fragte ihn: »Wie heißt du?« Da sagte Ursulus: »Kommtzeitkommtrat.« Der Name machte den Jerum recht nachdenklich, aber er nahm ihn gleich zu sich und erzeugte ihm sehr viele Liebe und ließ ihn alles lehren, was nur auf der Welt zu lernen war. Jerum hatte keine Kinder, und Ursulus war ihm so lieb, so lieb; er wußte nicht, warum. Deswegen konnten ihn aber die meisten andern Diener nicht leiden, und vor allem die böse Königin Würgipumpa hatte immer einen innern Zorn, wenn sie ihn sah. Ursulus aber wurde von den Untertanen Jerums sehr geliebt, denn Jerum war lange nicht mehr so wild, seit der Knabe bei ihm war, und er besserte sich alle Tage. Wenn nun Ursulus allein war in der Nacht, so kam immer der Neuntöter und pickte am Fenster; da machte Ursulus auf, und der Vogel setzte sich auf sein Bett und erzählte ihm, was die Mutter im Turm mache, und Ursulus erzählte ihm wieder, wie es ihm gehe und wie Jerum viel besser sei als sonst, und schickte ihr immer viel gute Sachen und allerlei Bildchen und Ringe, die ihm der König schenkte. Ach, da ward die arme Ursula recht froh in ihrer Einsamkeit und weinte vor Freuden und betete zu Gott. So lebte er eine Zeitlang fort und hatte sein größtes Vergnügen dran, in seinen Freistunden durch die ganze Gegend herumzuschweifen. Einstens aber kam er in einen Wald zu einem eisgrauen Schäfer; der saß an einem Brunnen unter grünen Linden, und seine Lämmer weideten um ihn her. Er setzte sich zu ihm; es war so still und kühl, und die Sonne schien so freundlich durch die Bäume. Der Schäfer war traurig, und Ursulus sagte zu ihm: »Lieber Schäfer, dieses Plätzchen hier wäre recht schön, um die Gebeine der armen Fräulein hin zu begraben, die jetzt bei dem bösen Pumpelirio Holzebocke herumliegen.« Der

Schäfer sagte: »Was sind das für Fräulein?« Da erzählte ihm Ursulus alles, was ihm die Mutter gesagt, und der Schäfer sagte: »Ach Gott, da war mein Töchterlein auch dabei!« und war sehr betrübt. »Ach«, sagte Ursulus, »wenn du hier recht schöne Gruben machen wolltest, alle recht schön in einer Reihe, und wolltest Blumen hineinstreuen, und wolltest um den Platz herum einen Zaun von Rosen machen, so wollte ich dir treulich helfen, und wollten wir die armen Fräulein hier zur Ruhe bringen.« Der alte Schäfer war alles zufrieden, und sie fingen gleich an zu hacken und zu graben, bis Ursulus wieder nach Hause mußte. Aber er kehrte oft wieder, und der alte Schäfer war recht fleißig, so daß alles bald in Ordnung war. Eines Abends kam der gute Vogel zu Ursulus und fand ihn sehr nachdenklich. »Lieber Vogel«, sprach er, »ich habe etwas Großes unternommen und weiß nun nicht, wie ich es ausführen soll. Ich habe einen stillen freundlichen Ort, um die Gebeine der armen Jungfrauen hin zu begraben; alles ist fertig und bereit, jetzt hilf mir das Begräbnis anstellen.« Da sprach der Vogel: »Ich will alles tun, was ich kann, sorge nur für Kreuz und Glocke und für Posaunenspiel und Chorgesang; bringe das morgen nacht mit zum Pumpelirio Holzebock, so soll alles gut gehen.« Ursulus sagte: »Gut, das will ich; nun grüße die Mutter und erzähle ihr alles.« Da flog der Vogel fort. Am andern Morgen, als bei Hof noch alles schlief, sang ein Rotkehlchen am Fenster des Ursulus, und es war ihm, als höre er die Worte: »Lieber Schläfer, weck den Schäfer!« Da sprang er vom Lager und eilte zu dem Schäfer, und sie redeten alles miteinander ab. In der nächsten Nacht schlich sich Ursulus aus dem Schloß. Der König Jerum konnte nicht ruhen, er hatte eine große Angst im Herzen; er stand allein auf, wickelte sich in seinen Mantel und ging dem Schloß hinaus. Er wollte zu dem Pumpelirio Holzebocke gehn und ihn fragen, ob er bald wieder seine Stadt Besserdich erhalten würde, denn er hatte ein rechtes Heimweh. Er war seit jener schrecklichen Nacht, da die Messer auf ihn regneten, nicht mehr hingegangen. Als er an dem Ort vorüberkam, wo er den zwei Dienern befohlen hatte, die Ursula umzubringen, konnte er vor Bangigkeit nicht weiter; er lehnte an einen Baum und wünschte, nie geboren zu sein; da hörte er auf einmal ein wunderbares Tönen sich nahen und sah eine Reihe von Lichtern über das Feld herziehen. Der Anblick war so wunderbar, daß er sich an den Baum andrückte. Jetzt war es ganz nah, er sah den kleinen Ursulus vorausgehen mit einem Kreuz von Rosen;

dann flogen eine ungeheure Menge Vögel, welche allerlei Gebeine trugen; dann kam der alte Schäfer und blies eine sehr bewegliche Weise auf der Schalmei und weinte bitterlich; hinter ihm schwebten alle die Gestalten der armen Mägdelein, die Jerum umgebracht hatte, und sangen:

> »Endlich, endlich schweigen die Raben,
> endlich werden wir ehrlich begraben
> weit von hier, von hierio,
> weit vom Pumpelirio,
> weit vom Holzebocke,
> hübsch mit Kreuz und Glocke,
> mit Chorgesang, Posaunenspiel,
> gibt uns Ruh und kost' nicht viel.«

Und nun schlossen die Schäflein des alten Hirten den Zug; sie gingen still und paarweise hatten alle Glöcklein anhängen, und nur dann und wann blökten sie gar traurig; an beiden Seiten des Zugs aber zogen zwei Reihen von großen Irrlichtern, welche leuchteten. Als der Zug vor Jerum vorüberging, war alles ganz still, und das betrübte ihn noch weit mehr. Da der Zug aber ganz in der Ferne war, nahm Jerum seine Streitaxt und rannte mit großem Zorn nach dem Orte, wo der Pumpelirio Holzebock stand, und sprach zornig zu ihm: »Du böser gottloser Pumpelirio! du hast mich zu allen meinen großen Verbrechen beredet; um deinetwillen habe ich alle die lieben Jungfrauen ermordet; nun sollst du auch nicht länger leben.« Da holte Jerum weit mit seiner Axt aus und, paff! hieb er den Pumpelirio mitten voneinander. Aber es fuhr ein schwarzer Rauch aus den Trümmern, und aus dem Rauch ward ein ungeheurer scheußlicher Bock, der sah den Jerum mit schrecklichen Augen an, meckerte abscheulich die Worte heraus: »Den Pumpelirio konntest du zerschlagen, aber den Holzebock nie.« Dann ging er einige Schritte zurück, beugte den Kopf nieder, rannte gewaltig gegen Jerum, faßte ihn auf die Hörner und warf ihn weit, weit in das Feld hinaus, wo er wie tot niederfiel. Er hatte schon zwei Stunden so dagelegen, als Ursulus von dem Begräbnis zurück nach Hause ging und auf einmal über den König Jerum stolperte. Der Knabe fühlte bald an der Krone, daß es Jerum sei. Er rüttelte und schüttelte ihn und benetzte ihn mit seinen Tränen. Da wachte der König Jerum wieder auf; aber er konnte nicht gehen, er hatte sich ein Bein gebrochen. Da lief Ursulus ins Schloß und holte die Diener; die trugen ihn nach seinem königlichen Bett, und der Doktor verband ihn, und die Königin sprach: »Das kommt davon, wenn man zu nachtschlafender Zeit herumrennt.« Ursulus aber verließ das Lager des Königs nie, und dieser gewann ihn immer lieber. Einstens nahm der Jerum die Hand des Ursulus und sagte: »Lieber Junge, erzähle mir, wo habt ihr dann die Gebeine der armen Fräulein begraben?« Da erzählte ihm Ursulus von dem kühlen Lindenhain und dem Brunnen und dem alten Hirten und seinen Schafen und sagte: »Herr König, es wäre sehr schön, wenn Ihr ein Kirchlein dort bauen ließet.« – »Ja«, sagte der König, »aber wenn es die Königin erfährt, so bin ich verloren; ich habe ihr zuschwören müssen, nie eine Kirche zu bauen. Wenn du es recht heimlich zustande kriegst, so bin ich es zufrieden und will dir gerne Geld dazu geben; und baue auch ein kleines Häuslein dabei, worin ein armer Mann wohnen kann.« Ursulus dankte dem Jerum herzlich für seine Erlaubnis und setzte sich nun hin und zeichnete allerlei Gestalten von Kirchen, um sich eine auszusuchen; auch redete er oft mit Maurern und Steinmetzen. Die böse Königin Würgipumpa, welche immer einen heimlichen Haß auf den Ursulus hatte, wurde täglich grimmiger gegen ihn und nahm sich fest vor, ihn auf eine oder die andere Art ins Unglück zu bringen. Wenn sie nun bei Ursulus vorüberging und ihn fragte: »Was hast du denn zu bauen vor, du naseweiser Bursche, daß du immer mit Zirkel und Lineal herumziehst?«, so antwortete Ursulus gewöhnlich: »Schlösser in die Luft, Ihro Majestät!« Als er ihr dies öfter gesagt hatte, ward sie über die Maßen zornig und sprach zu ihm: »Ich werde dich bei dem Wort halten.« Sie ging zum König und kniete vor ihm nieder und bat ihn um eine Gnade. Jerum war eine solche Demut von ihr gar nicht gewohnt und sagte ihr alles zu, was sie verlange. Da sprach sie: »Jerum, ich verlange, daß jeder deiner Diener, der mich belügt und der nicht das tut, was er mir sagt, daß er tue, des Todes sterbe.« Jerum gab ihr sein königliches Wort und seine Hand drauf, und an demselben Tage noch ward das Gesetz in ganz Munkelwust bekanntgemacht: »Wer lügt, der stirbt!« Als die Königin das unterschriebene Gesetz in der Hand haltend von dem König wegging, sah sie den Ursulus im Vorzimmer wieder allerlei Linien ziehen und allerlei Zirkel schlagen. Da fragte sie ihn gleich.- »Ursulus, was willst du bauen?« Er antwortete wieder: »Schlösser in die

Luft, Ihro Majestät!« Da erwiderte aber Würgipumpa sehr heftig, indem sie ihm das königliche Gesetz vorhielt: »Wer lügt, der stirbt!« Sie lief gleich zum König zurück und verklagte den Ursulus. Der König ließ diesen rufen und sprach mit Tränen zu ihm: »Ursulus, du mußt ein Schloß in die Luft bauen oder sterben.«

Da ging Ursulus in seine Kammer und war sehr betrübt und weinte sich schier die Augen aus, weil er gar nicht wußte, wie er ein Schloß in die Luft bauen solle. In solchen Sorgen saß er, als der Neuntöter am Fenster pickte; Ursulus machte ihm auf, und der Vogel sprach: »Ursulus, was weinst du?« Und nun erzählte ihm der Knabe seine Not, daß er eine Kirche in die Luft bauen müsse oder sterben. »Gräme dich nicht«, sagte ihm der Vogel, »mache dir von Karten und Papier die ganze Kirche, wie du sie dir auf dem Kirchhof erdacht hast, fertig, und wenn du sie ganz vollendet hast aus einzelnen Stücken, daß man sie schön zusammensetzen kann, so lege alles bei offnem Fenster hierher; dann lade den König und die Königin auf den Altan des Schlosses und läute nur mit einem Glöckchen und befehle mir und den andern Bauleuten, welche kommen werden, so sollst du deine Kirche bald in der Luft entstehen sehen. Ich werde sie auch dann deiner Mutter im Turm zeigen, die wird sich sehr drüber freuen, und alles wird gut gehen; denn ich trage dann das Kirchlein in den kühlen Lindenhain, und die Arbeitsleute werden die Kirche dort nach dem Muster viel besser zustande bringen als nach der bloßen Zeichnung.« – »Tausend Dank, lieber Vogel«, sagte Ursulus, »aber was hast du denn für Kräuter da in den Klauen mitgebracht?« – »Das sind Kräuter, mit welchen du das Bein des Königs Jerum in wenigen Tagen heilen kannst, wenn du sie ihm auf die Wunde legst«, sprach der Vogel, »ich habe es von einem Reh gelernt, das neulich im Walde vom Felsen fiel; ich will dir alle Tage frische bringen. Aber du mußt dir auch eine recht ordentliche Gnade dafür ausbitten!« – »Gut«, sagte Ursulus, »es fällt mir schon etwas Herrliches ein, was ich begehren will; nun lebe wohl und grüße mir die liebe Mutter viel tausendmal.« Da flog der Vogel fort, und Ursulus träumte die ganze Nacht von schönen wunderbaren Kirchen. Am andern Morgen kam er ganz fröhlich zum König, wo auch die Königin zugegen war, und sagte: »Ihro Majestät, ich will sterben, wenn ich in acht Tagen das Gebäude nicht in die Luft baue; und so Ihro Majestät mir versprechen, dasselbe Gebäude auf die Erde zu bauen, so will ich bis dahin Euer zerbrochenes Bein so gut heilen, daß Sie selbst auf den Altan gehen können, mein Luftgebäude bauen zu sehen.« – »Ich verspreche es«, sagte der König. »Und ich verspreche es noch dazu«, sagte die Würgipumpa. Das ließ sich Ursulus schriftlich geben, legte dann dem Jerum die Kräuter auf das Bein und begab sich auf seine

Kammer und baute von Karten und Papier eine ganz erstaunlich schöne Kirche zusammen und machte alles so fein und ordentlich, daß man die ganze Kirche auseinanderlegen und wieder zusammenbauen konnte. Als er fertig war, war auch der Fuß des Königs, dem er alle Tage frische Kräuter aufgelegt hatte, gesund, und er forderte den Jerum und die Würgipumpa auf, morgen früh auf den Altan zu treten, weil er vor ihnen sein Schloß bauen wolle. Die Königin sagte:»Ja, wir werden kommen; so du aber dein Gebäude nicht in die Luft bauest, will ich dir eines in die Luft bauen, in dem du sterben sollst, nämlich einen Galgen.« Ursulus verbeugte sich und ging weg. Am andern Morgen fand er den König und die Würgipumpa schon auf dem Altan, als er mit einer kleinen Glocke in der Hand kam. »Was soll die Glocke?« sprach die Königin. Da sprach Ursulus:

>»Ich muß jetzt von allen Seiten
>meine Baumeister zusammenläuten.«

Da fing er an zu klingeln, klingling, klingling, und es kamen eine Menge große Vögel herbeigeflogen: Adler und Geier und Falken, und auch mancherlei kleinere: Tauben und Finken und Amseln und Stare, kurz, alle möglichen Vögel; worüber sich der König und die Königin sehr verwunderten. Da sprach Ursulus:

>»Willkommen, ihr Meister und Gesellen,
>ich will einen Bau in die Lüfte stellen,
>nun schafft einen schönen Grund herbei,
>worauf mein Werk zu richten sei!«

Da flogen die Adler weg und brachten auf einmal eine große starke Pappe getragen, auf welcher von Moos eine schöne Wiese ausgelegt war, aus der allerlei grüne Zweige als Bäume hervorragten. Nun sprach Ursulus:

>»Eine schöne Kirche bauet mir,
>ein hoher Turm sei ihre Zier.«

Da flogen wieder viele Vögel fort und brachten allerlei einzelne Stücke von einer sehr schönen papiernen Kirche und einem hohen Turm und setzten alles das auf der Mooswiese zusammen, so daß es wunderlieblich anzuschauen war. Als aber alles fertig war, brachte auch der Kreuzschnabel einen kleinen Altar und ein Kreuz hineingetragen, und der Dompfaff trug eine kleine Kanzel hinein, und eine Amsel, wie ein schwarzer Kantor, brachte eine kleine Orgel hinein. Dann flogen ein paar Nachtigallen als Sängerinnen hinein und eine Menge Finken und Grasmücken als Choristen. Da begannen allerlei Glöckchen im Turm zu läuten, und in der Kirche fingen die Vögel so lieblich an zu singen und zu klingen, als wenn der feierlichste Gottesdienst drin gehalten würde. Darüber ward der König Jerum, ganz gerührt und umarmte den Ursulus mit den Worten: »Kommtzeitkommtrat, wie schön hast du dein Gebäude erbaut.« Würgipumpa aber hatte alles mit dem entsetzlichsten Zorne angesehn und geriet in eine solche Wut, daß sie einen Stein von dem Altan nahm und nach der Kirche warf; aber auf einen Wink des Ursulus flogen die Vögel mit dem schönen Bau über ihrem Haupt hinweg, und da bei dieser Gelegenheit einiger Schmutz auf die Königin herabfiel, wollte sie erzürnt den kleinen Ursulus schlagen; aber der König nahm ihn in seine Arme und sprach: »Würgipumpa, wer nach den Bauleuten mit Steinen wirft, dem antworten sie mit Kalk.« Da ging die Königin erzürnt nach ihrer Kammer. Der König Jerum aber hatte den Ursulus noch viel lieber als vorher und ließ in dem Lindenhain, wo die Jungfräulein begraben waren, eine Kirche bauen, ganz nach der Gestalt der Kirche, die Ursulus in die Luft gebaut und welche die Vögel zu dem Schäfer im Lindenhain getragen. Alles das erzählte Ursulus dem Neuntöter, und der Neuntöter der Ursula, so daß diese sehr erfreut wurde, daß Jerum so gut werde, und herzlich in ihrer Einsamkeit dem lieben Gott dafür dankte. Die Königin Würgipumpa aber sah nun ein, daß sie mit ihrem Zorn gegen Ursulus gar nichts mehr ausrichtete, weil der König ihn zu sehr liebte, und fing deswegen an, ihm auf alle mögliche Weise zu schmeicheln und schönzutun. Heimlich aber dachte sie immer auf eine Gelegenheit, ihn in Lebensgefahr zubringen. Sie wußte, daß der Pumpelirio Holzebock dem Jerum, als er ihn fragte, wann er seine Stadt Besserdich wieder erhalten werde, sprechend:

>    »Pumpelirio Holzebock,
>    sag mir doch,
>    wann wird Jungfer Fanferlieschen

Schönefüßchen
länger nicht vertreiben mich?
Wann kehr ich nach Besserdich?«

geantwortet hatte:

>»Fanferlieschen blind,
ein unschuldig Kind
Besserdich gewinnt.«

Das ging der Würgipumpa immer im Kopf herum, und sie dachte
hin und her, wie sie den Kommtzeitkommtrat brauchen wolle, um
Junger Fanferlieschen blind zu machen. Weil sich aber Jerum so
sehr verändert hatte, getraute sie sich nicht, ihm ihr Vorhaben
gradheraus zu sagen, und sprach einstens zu ihm: »Lieber Jerum,
ich glaube, du könntest doch einmal bei Jungfer Fanferlieschen
fragen lassen, ob sie dir deine Stadt nicht wiedergeben will; du bist
jetzt so fromm und gut, daß sie es dir gewiß nicht abschlagen wird.«
»Ach«, sagte Jerum, »so gut werde ich niemals, daß ich wieder verdiene, auf dem Throne meines frommen seligen Vaters zu sitzen.« –
»Ja«, erwiderte Würgipumpa, »darüber magst du nun denken, wie
du willst; aber du bist es der Stadt schuldig, denn Jungfer Fanferlieschen kann der Regierung nicht länger vorstehen: Soeben habe
ich die Nachricht erhalten, daß sie blind geworden.« Hier sah Jerum
die Königin erschrocken an und sprach zu ihr: »Würgipumpa, lasse
mich allein; ich muß über das, was du mir gesagt, nachdenken.« Die
Königin ging, und Jerum fiel in tiefe Gedanken. Der Spruch des
Pumpelirio:

>»Fanferlieschen blind,
ein unschuldig Kind
Besserdich gewinnt«

fiel ihm ein, und er war in der größten Unruhe, ob er nicht nach
Besserdich hinziehen sollte. Als er aber dachte, wie der böse Holze-
bock ihm allzeit zum Bösen geraten hatte, entschloß er sich anders.
Er ließ den Ursulus zu sich kommen und die Königin und sprach:
»Da ich gehört, wie die weise und fromme Jungfer Fanferlieschen
blind ist, so ist mein sehnlicher Wunsch, daß sie wieder sehend

werde, damit sie die guten Leute in Besserdich noch länger so treu regiere, als sie es bis jetzt getan. Ich begehre euern Rat, wie dies zu machen sei.« Ursulus fing an zu weinen, als er das Unglück der Jungfer Fanferlieschen hörte, von welcher seine Mutter ihm so viel Gutes erzählt hatte. Würgipumpa aber sprach: »Ich habe immer gehört, daß nichts so gut für die Augen sei als Schwalbenkot: Wenn es möglich wäre, daß Jungfer Fanferlieschen diesen in die Augen brächte, so würde sie gleich geheilt sein. Kommtzeitkommtrat ist ja mit den Vögeln so gut Freund, mit seinen Baumeistern, daß er ihr ein wenig von dem Kalke könnte ins Auge fallen lassen, der neulich bei dem Luftbau auf mich niederfiel. Ich muß sagen, daß ich meine Augen seit jener Zeit sehr gestärkt finde.« – »Ach«, erwiderte Ursulus, »wenn das möglich wäre, ich wollte die guten Vögel sehr darum bitten.« – »Wohlan, mein Geliebter«, sprach der König, »wenn es dir gelingt, sollst du begehren von mir, was du willst, ich will es dir halten.« Nach diesen Worten gingen sie auseinander. Die böse Würgipumpa wußte wohl, daß man von Schwalbenkot blind werde, und sie dachte: ›In jedem Falle werde ich den verhaßten Knaben los; denn wenn Fanferlieschen ihn erwischt, so läßt sie ihn umbringen, und sie erwischt ihn gewiß, weil sie wohl weiß, daß sie sterben muß, wenn sie blind wird, denn es steht im Zauberkalender; so läßt sie sich immer streng bewachen.‹ Ursulus saß in seiner Kammer und lauerte auf den Neuntöter. Pick, pick, pick, da war er am Fenster. Ursulus öffnete und erzählte seinem Freund alles, was er von dem König und der Königin gehört. Der Neuntöter ward sehr nachdenklich darüber und bauschte seine Federn am Kopf einigemal auf, als ob er sehr zornig sei. »Was machst du für wunderliche Gesichter?« fragte Ursulus. »Nichts, nichts«, sagte der Vogel, sich beruhigend, um zu überlegen. »Gut, ja, ja, morgen früh will ich dir sagen, was du zu tun hast«, und fort flog er. Am andern Morgen war er richtig wieder da und sprach: »Auf, auf, Ursulus! Mache dich auf die Reise; du hast einen weiten Weg nach Besserdich.« Da sprang Ursulus aus dem Bett, zog seine Reisekleider an und machte sich auf den Weg. Der Vogel aber flog immer vor ihm her, um ihm den Weg zu zeigen.

Als sie in den Wald kamen um Mittag, machte der Vogel bei einem Eichbaum halt und sagte: »Hier mußt du ausruhen, essen und trinken. Hier in dem Baume wohne ich; hier, lieber Ursulus, hat deine arme Mutter, als sie aus Besserdich ging, meinen Jungen das Leben gerettet durch einen Stein, den sie nach dem Marder warf; hier hat sie ihren Kuchen mit mir geteilt. Hier esse du auch, was ich dir aus der Hofküche hierhergetragen.« Ursulus setzte sich auf das Moos am Fuße der Eiche und dachte mit vieler Liebe an seine liebe Mutter im Turm und mußte recht weinen, als er gedachte, wie sie einst hier so unschuldig in das Elend ging. Da brachte der Neuntöter die Frau Neuntöter und die jungen Herren und das junge Fräulein Neuntöter, und diese hießen den Ursulus bei sich sehr willkommen mit Kopfnicken und Flügelschlagen und Sichverneigen, denn sie kannten die Menschensprache nicht. Der Neuntöter aber übersetzte dem Ursulus alles, was sie sagten. Da gefielen ihm die Reden des Fräulein besonders wohl, denn sie sprach: »Ach, liebster Ursulus, ich wollte gern ewig ein Vogel bleiben, wenn ich dir nur recht viele Liebe erweisen könnte für alles das Gute, was deine Mutter meinem Vater und meiner Mutter und uns erwiesen hat.« Das ging dem Ursulus recht durchs Herz. Der Neuntöter brachte nun dem Ursulus einen Kaninchenbraten, den er schon am Abend vorher aus der Munkelwuster Hofküche hierhergebracht, und da Ursulus Brot in seiner Reisetasche bei sich hatte, schmeckte es ihm recht gut; denn er trank aus einer hellen Quelle, die ihm Fräulein Neuntöter zeigte, Wasser dazu. Auch rief sie ihre Spielgesellinnen, eine Amsel und eine Nachtigall, herbei, welche dem Ursulus die schönste Tafelmusik machten, während sie Erdbeeren und Brombeeren und Heidelbeeren und Haselnüsse pflückte und auf die Schultern des Ursulus fliegend sie mit ihrem blanken Schnabel zu den Lippen des Freundes reichte, der sie freundlich dafür streichelte. Während diesem Mittagmahl rief der Neuntöter viele Schwalben herbei und fragte sie, welche es wohl unternehmen wolle, ihren Kot ins Aug der Fanferlieschen zu spritzen, und er versprach dafür so viel Fliegen und Mücken und Würmchen, als sie nur wollten. Da fand sich eine dazu bereit und flog gleich von dannen. Das Fräulein Neuntöter hatte alles das gehört und ihre eigenen Gedanken darüber; und da nun Ursulus mit dem alten Neuntöter sich wieder auf die Reise machte und für die freundliche Bewirtung dankte, war das Fräulein Neuntöter weggeflogen und nicht zugegen. Das war ihm leid; er ließ ihr recht schöne Grüße zurück, und sie machten sich auf den Weg. Abends kamen sie in Besserdich an. Der Vogel führte den Ursulus in den Schloßgarten, da fand er eine Laube, einen gedeckten Tisch und ein Ruhebett. Er aß und schlief ein. Als er morgens erwachte, stand die Sonne schon am Himmel, und er sah auf dem Altan des Schlosses die Jungfer Fanferlieschen auf einem Ruhebett liegen, und neben ihr standen ein paar Pfauen, welche ihr mit ihren Schweifen wie mit Sonnenfächern die Fliegen abwehrten. Die Jungfer Fanferlieschen war sehr alt, hatte aber wunderschöne lange weiße Locken, welche ihr ein schönes Ansehen gaben; und durch das goldne Gegitter des Altans sah Ursulus ihre schönen kleinen Füße in rotsamtenen Pantoffeln herabhängen. ›Ach‹, dachte Ursulus, ›was ist das für ein liebes gutes altes Jüngferchen, das Fanferlieschen Schönefüßchen, und wie wird sie sich freuen, wenn ihr der Sohn ihrer lieben Ursula wieder zu ihren gesunden Augen helfen wird.‹ Da sah er auch, wie sich die Schwalbe grade über dem Kopf der Jungfer Fanferlieschen auf den Vorsprung der Türe setzte, und konnte vor Begierde, ihr zu helfen, sich nicht mehr halten; er winkte mit dem Schnupftuch, und die Schwalbe ließ den Kot der guten Fanferlieschen ins Aug fallen, welche erwachte, mit den Füßen, schüttelte und aufschrieb

»Der, den mein Pantoffel trifft,
nahm mir meiner Augen Licht.«

Ursulus wollte grade zu ihr hinauflaufen und ihr Glück wünschen; aber ein niederfallender Pantoffel schlug ihm so auf die Nase, daß er betäubt niedersank. Als er erwachte, lag er in Ketten und Banden in dem allerdunkelsten Kerker. Er wußte nicht, wie ihm geschehn, er tappte an den Wänden herum, er rief, er klagte, er weinte; ach! da erinnerte er sich der Worte, die er vor dem Pantoffelfall gehört:

»Der, den mein Pantoffel trifft,
nahm mir meiner Augen Licht.«

Das fuhr ihm recht durch Mark und Bein. »Ach« sagte er, »die Würgipumpa hat mich betrogen; statt Fanferlieschen zu helfen, habe ich sie blind gemacht; o ich unglücklicher Ursulus.« Als er so in Jammer und Klagen saß, sprang auf einmal ein eiserner Fensterladen auf, und das gute Fräulein Neuntöter flog zu ihm. Sie ließ ein kleines Büchlein auf seinen Schoß fallen und hatte eine Wurzel im Schnabel, die legte sie zu seinen Füßen, und saß auf seiner Schulter und streichelte ihn mit ihren Flügeln und tat sehr mitleidig. Ursulus dankte ihr und klagte seinen Jammer. Da blätterte sie mit dem Schnabel in dem Büchlein herum und winkte ihm, zu lesen. Das tat Ursulus und fand, daß es die Geschichte des frommen Tobias war, und als er las, daß der auch durch eine Schwalbe blind geworden, ward er seines Unglücks gewiß und weinte noch mehr. Aber Fräulein Neuntöter blätterte noch mehr im Buche, und da las er weiter, daß der Sohn des Tobias seinen Vater wieder mit der Galle eines Fisches geheilt habe. »Ach Gott im. Himmel«, sagte er, »hätte ich einen Tropfen dieser Galle, wie selig wollte ich sein, wenn ich die gute Jungfer Fanferlieschen wieder heilen könnte.« Da hielt ihm der Vogel die Wurzel an die Schlösser seiner Fesseln, und siehe da, sie fielen ihm ab, und hielt sie an das Schloß der Kerkertüre, und sie sprang auf. Da machte Ursulus die Türe wieder zu, weil es noch Tag war, und wartete bis zur Nacht. Dann nahm er Abschied von dem lieben Vogel, sagte ihm tausend Dank, und durch die Berührung der Wurzel sprangen alle Türen und Tore auf, und so ging er traurig zur Stadt hinaus in lauter Angst und Trauer, wie er nur die Galle von dem Fische finden sollte; und so lief er immer in den wilden Wald hinein, und kein Mensch wußte damals, wo er hingekommen war.

In Munkelwust wartete der König Jerum mit großer Ungeduld auf die Rückkehr des Ursulus, und da er nicht kam, sprach Würgipumpa: »Wie wäre es, wenn wir miteinander nach Besserdich reisten, um der Fanferlieschen zu ihrer Genesung Glück zu wünschen, sie hält den Kommtzeitkommtrat gewiß mit Liebkosungen zurück. Wenn du auch nicht wieder König dort sein willst, so kannst du doch gute Freundschaft mit Jungfer Fanferlieschen halten.« Das war der König zufrieden, und sie zogen mit einem großen Gefolge nach Besserdich. Jerum war sehr traurig auf der Reise, Würgipumpa aber sehr lustig. Auf halbem Wege kamen ihm einige schwarzgekleidete Reiter entgegen. Jeder trug in der einen Hand eine Zitrone, in der andern Hand einen Ölzweig, und von ihren Hüten schleppten lange Trauerflöre bis an die Erde hinab. Sie machten halt bei dem König, und er erkannte bald mehrere alte Bürger von Besserdich. Der eine sprach zu ihm: »König Jerum! So du dich wirklich gebessert hast, komme wieder zu uns in die Stadt und sei unser guter König, dieses hat uns Fanferlieschen dir zu sagen befohlen.« Bei diesen Worten weinten sie. Jerum sprach: »Ich habe mich bestrebt, besser zu werden, aber ich fühle doch, daß ich noch nicht verdiene, über andre zu herrschen. Sagt das der Fanferlieschen, und bittet sie um Erlaubnis, daß ich sie sehen darf.« – »Ach«, sagten sie, »diese Freude kann sie nicht mehr haben, denn vor einigen Tagen ist sie durch eine Schwalbe blind geworden.« Da zitterte der König vor Schrecken und zog sein Schwert und wollte die Würgipumpa erstechen und schrie: »Verräterin, das hast du mir getan!« Würgipumpa warf sich vor ihm nieder und sprach: »Mein Gemahl, ermorde mich Unschuldige; mein Bruder hat es mich gelehrt, ich wußte nichts davon, daß dies den Augen schädlich sei.« Da steckte der König sein Schwert wieder ein und sprach zu den Herren: »Seht, wie soll ich über andre herrschen, da ich mich selbst nicht beherrschen kann.« Die Herren redeten ihm aber so lange zu, bis er mit ihnen nach Besserdich ritt. Als er wieder in seinem Schloß war, fragte er nach Fanferlieschen und nach Ursulus, aber man erzählte ihm, daß Ursulus aus dem Kerker entkommen sei, niemand wisse wie, und daß die blinde Jungfer Fanferlieschen, als sie sich den Tag nach ihrem Unglück habe in den Garten führen lassen, ein anderes Unglück gehabt habe. Sie habe sich auf eine Rasenbank gesetzt, und die habe sich unter ihr auf einmal in einen ungeheuren schwarzen Bock verwandelt und sei wie ein Pfeil mit ihr durch die Lüfte fortgefahren. Da rief der König mit Schrecken aus: »Ach, der böse Pumpelirio Holzebocke!« Er gab nun Befehl, überall nach dem Holzebock und Fanferlieschen und Ursulus zu suchen, und ritt selbst oft ganze Tage lang nach ihnen aus. Als er nun einstens abends nach Hause kam und traurig in seine Stube ging, welche Freude! Ursulus kam ihm entgegen. Der Jüngling fiel ihm zu Füßen, der König umarmte ihn und weinte. »Ach«, sagte da Ursulus, »wo ist Jungfer Fanferlieschen, daß ich sie wieder sehend mache. Seht, hier in dem Schneckenhaus habe ich von der Fischgalle, womit der blinde Tobias von seinem Sohne geheilt wurde; ach, wo ist sie, daß ich ihr helfe!« – »Ach und o weh«, sprach Jerum, »sie ist fort, niemand weiß, wohin; der Holzebock hat sie davongeführt.« Da ward Ursulus noch viel trauriger. Der König fragte ihn, wo er die Fischgalle herhabe. Da erzählte

Ursulus alles, wie es ihm gegangen mit dem guten Vogel, und zeigte ihm das Tobiasbüchlein und die Wurzel. »Und als ich«, sprach er, »in die Wildnis gelaufen, hat mich der Vogel an einen Fluß gebracht und hat da sehr lange mit einem alten Fischreiher gesprochen; der hat immer mit dem Kopf geschüttelt, als wisse er nicht, was für ein Fisch es sein müsse, weil im Büchlein stehe, ein Fisch, und es gar viele Fische gebe. Endlich habe der alte Fischreiher in Gottes Namen einen Fisch nach dem andern gefangen, und da ich mir die Augen ganz blind geweint hatte, so haben wir die Galle an meinen Augen versucht. Da haben wir endlich einen gefangen, dessen Galle meine Augen gleich wieder herstellte, und da habe ich mir das Schneckenhaus voll genommen und komme nun leider zu spät hierher.« Jerum ließ gleich die Probe an einem alten blinden Manne machen, und er ward gleich wieder sehend und dankte dem König sehr. Als Würgipumpa alles dies hörte, nahte sie sich dem König mit Tränen und sprach: »Ich muß alles tun, das Unrecht wiedergutzumachen, das ich unschuldig veranlaßte. Ich habe nun durch meine Nachforschungen erfahren, daß der Holzebocke sich hier im Walde in einer Höhle aufhält; wie wäre es, wenn Kommtzeitkommtrat, der alles kann, was er unternimmt, den Holzebock zu bekämpfen suchte? Er ist jetzt schon ein schöner junger Ritter, und wenn er das Ungeheuer erlegt hätte, so würde er Fanferlieschen, die er in seiner Höhle gefangen hat, heilen und befreien können.« König Jerum sprach erzürnt: »Wie? Soll mein einziger Trost auf Erden, dieser gute Jüngling, noch einmal in Todesgefahr? Nein, das kann ich nimmermehr zugeben.« Ursulus hatte es aber kaum gehört, als er vor dem König niederkniete und zu ihm sagte: »Lieber König, gebet mir Waffen, es mag mir gehen, wie es will, so kann ich doch nicht eher ruhen, bis ich Fanferlieschen geheilt habe. Lasset mich ausziehen gegen den Holzebocke.« Jerum war sehr betrübt, aber Ursulus ließ mit Bitten nicht nach. »Wohlan«, sagte der König, »so will ich mit meinem Hofstaat und dir nach Munkelwust ziehen, weil der böse Holzebocke dort in der Gegend wohnt, und in unserer neuen Kirche will ich dich zum Ritter schlagen, und ich will beten dort, bis du wiederkömmst.« Da zog Jerum und seine Gemahlin und der Hofstaat und Ursulus nach Munkelwust, und der König ging mit Ursulus in die Kirche, die fertig war, und der alte Schäfer hatte den Altar mit wunderschönen Blumen geschmückt. Da schlug der König den Ursulus zum Ritter und gab ihm einen goldnen Harnisch von Kopf bis zu Fuß und ein herrliches Schwert, das war wie eine Säge. Und auf seinem Schild war abgebildet ein Kreuz und vier Nägel und ein Schwamm und eine Geißel und ein Speer und eine Dornkrone. Den Knopf des Schwertes konnte man aufschrauben, da hinein legte Ursulus das Schneckenhaus mit der Fischgalle. Und nun nahm er eine große Lanze in die Hand, und ein schneeweißer Schimmel mit himmelblauem Geschirr ward vorgeführt; der König hielt ihm selbst den Bügel, und Ursulus schwang sich in den Sattel, daß es rasselte. Da kam der alte Neuntöter geflogen und zog immer vor ihm her. Die Frau Neuntöterin aber flog auf den Kopf seines Pferdes, und der Junker Neuntöter setzte sich auf die Spitze seiner Lanze. Das Fräulein Neuntöter aber setzte sich auf seinen Helm, und so sprengte er in den Wald hinein.

Der König sah ihm lange nach und warf sich dann in der Kirche betend auf sein Angesicht und der alte Schäfer auch, und alle Lämmer auch, und es war, als wenn die Blumen auch auf den Gräbern der Jungfrauen beteten. Auch Ursula, welcher der Neuntöter alles gesagt hatte, betete in ihrem einsamen Turme in heißen Tränen: »Ach Gott im Himmel, erhalte mir meinen Ursulus.« Die Königin Würgipumpa aber betete nicht, sie hatte sich krank gestellt und war im Schlosse geblieben, denn sie war falsch und verlogen und glaubte ganz gewiß, daß der Holzebocke den Ursulus umbringen werde; deswegen hatte sie den bösen Rat gegeben. Als Ursulus mitten in der Wildnis angekommen war, hielt er sein Pferd an, schlug mit dem Schwert gegen sein Schild und schrie:

»Pumpelirio Holzebocke,
hörst du deine Totenglocke?«

Da trat auf einmal sein Freund, der alte Schäfer, hinter einem Baum hervor und nahte seinem Pferd und sprach: »O lieber Ursulus, tue doch dem Pumpelirio Holzebocke nichts, wenn du den Pumpelirio umbringst, so muß ich sterben, denn wir sind in einer Stunde geboren.« Da rief Ursulus:

»In einer Stunde geboren,
in einer Stunde verloren;
der Holzebock muß sterben,
sonst muß Fanferlieschen verderben.
Tritt aus dem Weg zur Seiten,
sonst muß ich dich überreiten«

Der Schäfer aber wollte nicht aus dem Weg, da machte Ursulus die Augen zu und ritt den Schäfer über den Haufen. Da flog der Vogel zu Ursulus und sagte ihm: »Gott segne dich, das war der Pumpelirio selber.« Da ritt er weiter, hielt wieder an und rief wieder, an das Schild schlagend:

»Pumpelirio Holzebocke,
hörst du deine Totenglocke?«

Da stürzte auf einmal der König Jerum ihm in den Weg und hielt ihm den Zügel des Pferdes und sprach wie der Schäfer: »Tue dem

Pumpelirio nichts, sonst muß ich sterben.« Aber Ursulus schrie wieder:

>»Tritt aus dem Weg zur Seiten,
sonst muß ich dich überreiten«

und machte die Augen wieder zu und ritt den König über den Haufen. Da kam der Vogel wieder zu Ursulus und lobte ihn sehr, daß er sich nicht irremachen ließ. Denn dieser Jerum war wieder nur der verstellte Holzebocke. Als Ursulus zum dritten Male auf das Schild schlug und den Pumpelirio rief, ach! welche Gestalt trat ihm da in den Weg, wer kniete vor seinem Pferd? Niemand anders war es als seine Mutter Ursula. Sie rang die Hände und rief aus: »Mein Sohn, mein Sohn! Wenn du dem Pumpelirio etwas tust, so muß ich sterben.« Ach, bei diesem Anblick brach dem Ursulus das Herz, und schon wollte er umwenden, da stieß der Vogel das Pferd mit seinem Schnabel in die Seite, und das rannte auch diese Gestalt des Pumpelirio über den Haufen, welcher ganz zornig, daß es ihm nicht gelungen war, den Ursulus zu betrügen, nun in Gestalt eines ungeheuern schwarzen Bocks auf ihn zukam und ihn fragte

»Ei, was willst du, Ursulus?«

Da sagte dieser:

»Fanferlieschen
Schönefüßchen,
die ich wieder heilen muß.«

Da sagte der Bock wieder:

»Pumpelirio biet dir Trutz,
Holzebocke machet Stutz.«

Und nun rannte der Bock auf ihn zu und stieß seinen weißen Schimmel über den Haufen, daß er tot niedersank, und die Lanze, mit welcher Ursulus nach dem Bock gestochen, zerbrach. Die guten Vögel aber hatten alle die neunundvierzig Messer, welche sie schon einmal auf den Jerum geworfen hatten, schon auf einem Baum zurechtgelegt und ließen sie eins nach dem andern auf den Holzebock fallen. Er machte sich nichts draus, denn sie blieben alle in ihm stecken, und jedes ward ein Horn, so daß er endlich wie ein Stachelschwein aussah. Ursulus hatte sich vom Pferde geschwungen und schlug mit seinem Schwerte auf den Holzebock, aber das zerbrach, und Ursulus ward über den Haufen gerannt. Da bedeckte er sich mit seinem Schilde, und der Bock trampelte mit Füßen auf ihm herum. Das tat dem Fräulein Neuntöter so leid, daß sie dem Bock zwischen die Hörner flog und ihm die Augen aushackte, worüber er erschrecklich zu meckern anfing. Nun griff Ursulus unter dem Schild hervor und faßte den Bock beim Bart und zog das Messer hervor, das ihm seine Mutter gegeben, und stach es dem Holzebock ins Herz. Da machte er noch einen Seitensprung und fiel tot nieder. »Gott sei Dank!« rief Ursulus und raffte sich von der Erde auf: »Ach, wo ist nun Fanferlieschen Schönefüßchen, die ich nun gleich heilen muß?« Da sagte ihm der Neuntöter, daß sie gleich hier in einer Höhle liege und schlafe. Ursulus lief in die Höhle, da lag Fanferlieschen tot auf einer steinernen Bank. Ursulus glaubte, sie schlafe, aber sie war nicht zu wecken, da klagte er Jammer und Not. Überdem kam der Vogel und sagte: »Ursulus, das Blut vom Holzebock ist auf dein Pferd gespritzt, da ist es wieder lebendig geworden.« Da nahm Ursulus gleich von dem Blut und bestrich die Fanferlieschen damit. Da wurde sie wieder lebendig, und nun bestrich er ihr die Augen mit der Fischgalle, da ward sie wieder sehend. Ach, wie glücklich war da Ursulus, auch sie weinte vor Freuden und drückte ihn an ihr Herz. »Geschwind wollen wir nun zu Jerum«, rief sie, »denn der ist in großer Angst.« Da setzte sie der Ursulus hinter sich auf sein Pferd und ritt mit ihr nach der Kirche. Da war große Not und Kummer, denn es war die Nachricht gekommen, daß die Königin Würgipumpa tot mit einem Stich im Herzen auf ihrer Stube gefunden worden sei und daß ihr die Augen aus dem Kopf gesprungen seien. Der König aber vergaß bald seine Betrübnis, da Ursulus und Fanferlieschen angeritten kamen. Er küßte der Fanferlieschen das schöne Füßchen und hob sie vom Pferd und küßte den Ursulus viel tausendmal. Da sagte Fanferlieschen: »Es ist mir lieb, Jerum, daß du dich gebessert hast; aber wo ist Ursula, meine Pflegetochter, zeige mir sie, daß ich sie umarme.« Bei diesen Worten riß sich der König die Haare aus und schrie: »Weh, weh! Ich Elender, ich bin ein Mörder und bleib ein Mörder.« – »Ja«, sagte Fanferlieschen, »das bist du, und deswegen sollst du lebendig in den Turm vermauert werden, in welchen du die gute Ursula hast mauern lassen.« – »Von Herzen gern«, sagte Jerum, »will ich sterben, wo sie gestorben ist, bringet mich hin.« Da brachte man ihn an den Turm und gab ihm eine Hacke. Alle standen traurig um ihn her und sahen, wie der arme Jerum für sich selbst den Turm aufbrechen mußte. Er tat allen Abbitte, die er beleidigt hatte, er bat Fanferlieschen tausendmal um Verzeihung und bat sie, mit Ursulus sein Land zu regieren. Ach, und als er diesen ansah, wollte ihm das Herz zerreißen. Er umarmte ihn und sprach:

> »Du brachtest mich zum rechten Pfad
> Kommtzeitkommtrat,
> daß ich dich nie mehr wiederseh,
> das tut mir weh, o weh, o weh!«

Ursulus aber sprach:

> »Kommtzeitkommtrat, dein Diener, spricht:
> Meinen Herrn und König verlaß ich nicht.
> Ich geh mit dir ins Grab hinein,
> ich denk, es wird uns wohl drin sein.«

Da nahm er auch eine Hacke, und sie arbeiteten zusammen, und der König Jerum sagte, sooft ein Stein herausgebrochen war:

> »Lieb Ursula so still und fromm,
> o freue dich, ich komm, ich komm.«

Und dann hielt er immer wieder ein und umarmte den Ursulus und bat ihn, zurückzubleiben. Ursulus aber sagte beständig:

> »Ich geh mit dir ins Grab hinein,
> ich denk, es wird uns wohl drin sein.«

Und da arbeiteten sie immer drauflos, und sie waren schon bis an die wollene Decke gekommen, welche Ursula rings im Turme herum gespannt hatte, daließ Jerum die Hacke sinken und sprach:

> »Lieb Ursula so still und fromm,
> o freue dich, ich komm, ich komm.«

Und alle, die umherstanden, weinten bitterlich.

Aber auf einmal hörte man eine Stimme hinter der wollenen Decke, welche sprach: »Ihro königliche Majestät Jerum werden alleruntertänigst ersucht, noch einige Augenblicke zu verziehen zu geruhen, da Ihro Majestät die Königin Ursula noch mit ihrem Anzug beschäftigt sind.« – »Allmächtiger Gott, was ist das?« rief Jerum. »Himmel und Erde mögen zusammenfallen, sie lebt! Sie lebt! Oh, ich muß, ich muß sie sehen.« Da wollte er die Decke niederreißen, aber Fanferlieschen und Ursulus hielten ihn zurück. »O laßt mich! Laßt mich ihre Füße mit meinen Tränen benetzen und sterben«, rief Jerum. Da steckte Ursula ein wunderschönes Füßchen zu der Decke heraus und sprach mit süßer Stimme:

>»Da, mein lieber Jerumius,
>hast du deiner Ursula Fuß.«

Und Jerum sank zur Erde und küßte ihren Fuß und legte sein Haupt nieder und setzte den Fuß Ursulas auf sein Haupt und sprach:

>»Der Unschuld Fuß auf Schlangenhaupt,
>selig, wer da liebt und glaubt.«

Da streckte Ursula ihre schöne Hand hervor und sprach:

>»Da, Jerum, hast du meine Hand,
>leg deine drein zum Liebespfand.«

Da sprang Jerum auf und küßte die Hand und benetzte sie mit Tränen und sprach:

>»O Engelshand, o segne mich,
>nie mehr, nie mehr, beleidig ich dich!«

Da steckte Ursula den Kopf durch die Decke und rief:

>»O Jerum, küsse meinen Mund,
>da sind wir alle beid gesund.«

Ach, da riß Jerum die Decke nieder und sank an das Herz der Ursula, und Ursulus auch und Fanferlieschen auch, und alle Schmerzen waren vergessen, und alles Böse war verziehen. Der Himmel war blau und heiter, die Zuschauer aber sanken auf die Knie und beteten. Als sie sich ein wenig erholt hatten, sagte Ursula zu Jerum: »Sieh, das ist dein Sohn Ursulus!« Oh, da war Jerums Freude von neuem groß. Neben der Ursula aber stand der Vogel Neuntöter wieder in den Kammerherrn von Neuntöter verwandelt, und seine Gattin war wieder die Hofdame von Neuntöter, und der Junker war ein Edelknabe, und das Fräulein Neuntöter stand so schön, so blond und schlank mit niedergeschlagenen Augen vor Ursulus, daß er vor sie hin trat und sprach: »Oh, mein schönes Fräulein! Ihnen verdanke ich die Befreiung aus dem Kerker durch die Springwurzel und das Tobiasbüchlein und die Fischgalle, und Sie haben dem Holzebocke die Augen ausgehackt, wie lohne ich Ihnen?« Als Jerum und Ursula und Fanferlieschen dieses hörten, legten sie die Hände der beiden zusammen und sagten: »Ihr sollt Mann und Frau sein.« Darüber waren beide glücklich. Alle aber zogen nun nach der Kirche und dankten Gott, und Fanferlieschen sagte. »Gott sei Dank, Jerum, daß der Holzebock und Würgipumpa tot sind. Sie waren Geschwister und meine größten Feinde, aber sie wußten nicht, daß eines mit dem andern sterben mußte. Jetzt lasset uns alle nach Besserdich ziehen und in Tugend und Ehren das Land regieren.« Jerum aber sprach: »Ich bin das Glück nicht wert, nur die Unschuld soll regieren, die Schuld aber soll Buße tun. Ich bleibe hier bei dem alten Schäfer und büße ewiglich.« Da setzte er seine Krone auf das Haupt des Ursulus, und Ursula setzte ihre Krone auf das Haupt der Fräulein Neuntöter, welche auch Ursula hieß, und sprach: »Auch ich will hier bleiben und beten.« Darüber ward das Herz des armen Jerums so gerührt, daß es mitten entzweisprang und Jerum starb. Oh, da war Weinen und Wehklagen. Und sie begruben ihn zu Füßen eines Kreuzes bei dem Brunnen, und Ursula sang, und aus allen Gräbern der Jungfräulein sang es mit.

Ursula blieb nun da bei dem alten Schäfer wohnen und nahm viele Witwen und Waisen zu sich, und sie arbeiteten für die Armut und beteten und sangen. Fanferlieschen segnete sie, und Ursulus und seine Frau trennten sich weinend von ihr und zogen nach der Stadt Besserdich. Der Herr von Neuntöter und seine Frau und sein Sohn aber regierten das Ländchen Bärwalde für Ursula. Als Fanferlieschen wegritt, ging sie auf den alten Schäfer zu und sprach zu

ihm: »Damon, kennst du mich noch? Wir sind beide alt geworden.«
– »Ja«, sagte der Schäfer, »ich kenne dich noch; als du die Lämmer
hütetest neben mir, da liebte ich dich und sagte dir es. Da sprachst
du:

>Lieber guter Schäfer mein,
schön wär's wohl, doch kann's nicht sein.
Ich bin nur ein guter Geist,
der so durch das Leben reist.
Liebe Gott, das ist gescheiter‹,
also sprachst du, und zogst weiter.«

»Richtig«, sagte Fanferlieschen, »so war es, und du hast meinem
Rat gefolgt, drum werd ich dich im Himmel wiedersehen.« Da sank
der Schäfer tot an die Erde, und Fanferlieschen flog durch die Lüfte
davon und ließ ihre Pantoffeln niederfallen. Die fing die Gemahlin
des Ursulus auf und war gleich so schön und lieb und klug als Fanferlieschen. Sie kamen nach Besserdich und regieren gut bis dato.

## Über tredition

### Eigenes Buch veröffentlichen

tredition wurde 2006 in Hamburg gegründet und hat seither mehrere tausend Buchtitel veröffentlicht. Autoren veröffentlichen in wenigen leichten Schritten gedruckte Bücher, e-Books und audio-Books. tredition hat das Ziel, die beste und fairste Veröffentlichungsmöglichkeit für Autoren zu bieten.

tredition wurde mit der Erkenntnis gegründet, dass nur etwa jedes 200. bei Verlagen eingereichte Manuskript veröffentlicht wird. Dabei hat jedes Buch seinen Markt, also seine Leser. tredition sorgt dafür, dass für jedes Buch die Leserschaft auch erreicht wird.

Im einzigartigen Literatur-Netzwerk von tredition bieten zahlreiche Literatur-Partner (das sind Lektoren, Übersetzer, Hörbuchsprecher und Illustratoren) ihre Dienstleistung an, um Manuskripte zu verbessern oder die Vielfalt zu erhöhen. Autoren vereinbaren direkt mit den Literatur-Partnern die Konditionen ihrer Zusammenarbeit und partizipieren gemeinsam am Erfolg des Buches.

Das gesamte Verlagsprogramm von tredition ist bei allen stationären Buchhandlungen und Online-Buchhändlern wie z. B. Amazon erhältlich. e-Books stehen bei den führenden Online-Portalen (z. B. iBookstore von Apple oder Kindle von Amazon) zum Verkauf.

Einfach leicht ein Buch veröffentlichen: **www.tredition.de**

## Eigene Buchreihe oder eigenen Verlag gründen

Seit 2009 bietet tredition sein Verlagskonzept auch als sogenanntes "White-Label" an. Das bedeutet, dass andere Unternehmen, Institutionen und Personen risikofrei und unkompliziert selbst zum Herausgeber von Büchern und Buchreihen unter eigener Marke werden können. tredition übernimmt dabei das komplette Herstellungs- und Distributionsrisiko.

Zahlreiche Zeitschriften-, Zeitungs- und Buchverlage, Universitäten, Forschungseinrichtungen u.v.m. nutzen diese Dienstleistung von tredition, um unter eigener Marke ohne Risiko Bücher zu verlegen.

Alle Informationen im Internet: **www.tredition.de/fuer-verlage**

tredition wurde mit mehreren Innovationspreisen ausgezeichnet, u. a. mit dem Webfuture Award und dem Innovationspreis der Buch Digitale.

tredition ist Mitglied im Börsenverein des Deutschen Buchhandels.

## Dieses Werk elektronisch lesen

Dieses Werk ist Teil der Gutenberg-DE Edition DVD. Diese enthält das komplette Archiv des Projekt Gutenberg-DE. Die DVD ist im Internet erhältlich auf **http://gutenbergshop.abc.de**

Zeitfracht Medien GmbH
Ferdinand-Jühlke Straße 7
99095 Erfurt, Deutschland
produktsicherheit@kolibri360.de